KB254213

독보군림

임영기 | 新무협 판타지 소설
FANTASTIC ORIENTAL HEROES

독보군림 5

임영기 新무협 판타지 소설

초판 1쇄 찍은 날 § 2007년 9월 20일
초판 1쇄 펴낸 날 § 2007년 9월 30일

지은이 § 임영기
펴낸이 § 서경석

편집장 § 문혜영
편집 § 장상수 · 최하나

펴낸곳 § 도서출판 청어람
등록번호 § 제1081-1-89호
등록일자 § 1999. 5. 31
어람번호 § 제2-1300호

주소 § 경기도 부천시 원미구 심곡1동 350-1 남성B/D 3F (우) 420-011
전화 § 032-656-4452 팩스 § 032-656-4453
http://www.chungeoram.com
E-mail § eoram99@chollian.net

ⓒ 임영기, 2007

ISBN 978-89-251-0927-5 04810
ISBN 978-89-251-0745-5 (세트)

김영기

新무협 판타지 소설

FANTASTIC ORIENTAL HEROES

비뢰도

龍

5

부활(復活)

도서출판 청어람

目次

第四十一章

눈물의 의미

닷새 전부터, 아니, 그 이전일지도 모르는 어느 날부터 중천 무림에 하나의 소문이 암운처럼 낮게 드리워진 채 스멀스멀 흘러다녔다.

그 소문은 어느 날 갑자기 불거져 나왔다.

또한 한 군데에서가 아니라 중천의 여러 곳에서 동시다발적으로 튀어나왔다.

처음에는 어두운 구석에서 몇몇 사람들이 귀에 입을 대고 속삭였었다.

그러더니 며칠이 지나기도 전에 중천에 파다하게 퍼져서

웬만한 사람들은 그 소문을 모두 떠들고 다녔다.

　─중천오충의 금호방 방주 금호도패왕을 죽인 자는 살수가 아니다. 진짜 흉수는 낙성검가의 가주 낙성절정검 단해룡이다. 그는 자신이 중천의 절대자가 되려는 것에 반발하고 있는 중천오충을 깡그리 없애려는 흉계를 꾸미고 있다. 뿐만 아니라 자신의 가장 강력한 적수인 사해부 부주 사해무적까지 죽이려 하고 있다. 그리고 더욱 중요한 것은, 육 년 전에 중천오세의 지존들이 야합을 하여 중천의 절대자인 검신을 암살했으며, 그 음모의 주동자가 낙성절정검 단해룡이라는 사실이다. 과거에 검신은 일개 평범한 인물이었던 단해룡을 중용하여 오늘날의 위치에 이르게 해주었는데, 그는 은혜를 배신으로 갚은 것이다. 단해룡은 인면수심의 위선자다.

　소문은 엄청난 내용을 담고 있었다.
　그리고 매우 그럴듯한 설득력을 지니고 있었다.
　그로 인해서 중천 전역이 들썩거렸다. 처음에는 그저 뜬소문이려니 여기며 코웃음을 쳤던 중천오세 쪽 사람들까지도 이제는 반신반의하면서 곱지 않은 시선으로 낙성검가를 쳐다보게 되었다.
　그 소문이 최초에 누구의 입에서 흘러나왔는지는 모르지

만, 과연 세 치 혀는 백만대군보다 강하다[三寸之舌百萬强干之師]는 말을 실감나게 했다.

*　　　*　　　*

검풍루는 총 오층인데, 꼭대기인 오층은 검풍루주와 부루주. 그리고 검풍루의 특급 살수인 혈인살수 세 명이 층 전체를 사용하고 있다.

사층에는 도합 육십여 개의 방이 빙 둘러 있으며, 복판은 광장과 대연회실, 식당, 대연무장으로 구성되어 있다.

검풍루에서 가장 전망이 좋은 위치는 각 층의 동향이다.

동향으로는 방이 열 개 정도 나오는데, 검풍살수 중에서 가장 실력이 뛰어난 제일대, 즉 혈령대(血令隊)의 열두 명이 모두 차지하고 있다.

검풍루 오층의 동향에는 약 열두 개의 방이 있는데, 검풍루주의 방이고, 그 오른쪽이 부루주의 방, 왼쪽이 혈인살수의 방이다.

설영이 속한 제삼대 월령대 소속 이십일 명 스물한 개의 방은 해가 지는 서향(西向)에 있다.

그중에서도 갓 검풍살수가 된 설영과 정미는 북쪽에 가장 가까운 서쪽 끝 방 두 개였다.

한효령은 자신의 방에서 설영과 함께 생활을 하거나 전망 좋은 동향으로 그의 방을 배정하고 싶었다.

하지만 그것은 검풍루의 규정을 근본부터 흔들어놓는 행위라서 쉽지 않았다.

아마 그녀가 그렇게 강행했어도 필경 설영이 따르지 않았을 것이다.

설영의 방.

노대에서 평범한 옷차림의 한 여자가 끊임없이 절을 올리고 있었다.

여자의 앞에는 작은 탁자가, 그 위에는 하나의 작은 신불(神佛)이 놓여 있었다. 여자는 지금 신불을 향해 치성을 올리고 있는 중이었다.

여자는 다름 아닌 설영의 하녀 예진이다.

예검녀나 영검낭자들이 수련을 수료하고 최종 시험을 통과하여 검풍살수가 되면 예전의 것들은 모두 놔두고 사층으로 올라와서 검풍살수로서의 새로운 것들을 지급받는다. 하녀도 그중 하나다.

예검녀나 영검낭자 시절의 대우와 검풍살수의 대우는 크게 차이가 난다.

수입은 한 푼도 없으면서 검풍루의 막대한 돈을 까먹으며 수련하는 예검녀나 영검낭자와 일선에서 직접 뛰어다니면서 돈을 벌며 언제 죽을지 모르는 검풍살수의 대우는 다를 수밖에 없었다.

그러므로 모든 예검녀나 영검낭자들은 검풍살수가 되면 과거의 것들은 먼지 하나까지도 깡그리 훌훌 털어버리고 사층에 올라와 전부 새 것들을 지급받는다.

설영 역시 그랬다. 하지만 영검낭자 시절의 하녀인 예진만은 데리고 사층에 올라왔다. 설영과 예진은 이제 떨어질 수 없는 사이이기 때문이다.

예진은 벌써 세 시진이 넘도록 신불을 향해 끝없이 절을 하며 두 손바닥을 비비면서 빌고 있었다. 설영의 무사귀환을 비는 것이었다.

하녀들은 자신이 모시는 검풍살수의 일정에 대해서 전혀 모르고 또 몰라야만 한다.

그러므로 예진은 설영의 이번 임무가 얼마나 걸리는지, 어떤 임무이며, 얼마나 위험한지 모른다.

하지만 그녀는 어렴풋이 알 수 있었다. 그리고 본능적으로 느낄 수 있었다.

설영에게 위험이 닥쳤다는 사실을……

설영이 첫 임무를 받고 정미와 함께 검풍루를 떠난 지 벌써 두 달이 다 돼가고 있다.

설영과 비슷한 시기에 혹은 더 늦게 임무를 띠고 출발했던 살수들도 이미 다 돌아왔다. 그런데 설영과 정미만 돌아오지 않고 있었다.

그리고 얼마 전에 검풍루주로 승격한 한효령의 안색이 이십여 일 전부터 눈에 띄게 몹시 심각해지더니 지금까지도 풀리지 않고 있었다.

한효령은 이삼 일이 멀다 하고 설영도 없는 방에 와서 혼자 우두커니 창가에 서 있거나, 의자에 앉아 몹시 걱정스러운 표정으로 생각에 잠겼다가 돌아가곤 했다.

그것이 무엇을 의미하는지 모를 예진이 아니었다. 설영에게 무슨 일이 있는 것이 분명했고, 그래서 한효령이 설영의 안위를 걱정하고 있는 것이리라.

예진은 설영과 한효령이 의모자지간이라는 사실을 자세히는 모르고 있었다.

그렇지만 그동안 두 사람이 보여준 행동으로 미루어 각별한 사이라는 것은 잘 알고 있다.

예진은 설영이 첫 임무를 띠고 검풍루를 떠난 날부터 노대에 신불을 세워놓고 그의 무사귀환을 하루도 빠짐없이 빌고 있는 중이었다.

그러던 차에 한효령의 얼굴이 몹시 어두운 것을 발견한 이십여 일 전부터는 하루의 반 이상을 신불에게 기원하는 것으로 보낼 정도가 됐다.

'부처님, 빌고 또 비나이다. 부디 주인님께서 아무 탈 없이 무사히 돌아오시게 해주세요!'

예진은 이미 천 번 가까이 절을 했지만 힘든 줄도, 몸이 아픈 줄도 몰랐다.

자신의 몸이 부서져서 설영이 무사히 돌아올 수만 있다면, 백 번이고 천 번이고 그렇게 할 수 있는 그녀였다.

절을 하는 예진의 발 앞은 축축하게 젖어 있었다.

절을 할 때마다 흘린 그녀의 눈물과 땀이었다.

*   *   *

아침 일찍 낙영루 후원 쪽 뒷문을 통해서 한 대의 마차가 대로로 굴러 나왔다.

마부석에는 낙화귀가 앉아서 마차를 몰았다. 낙영루주인 그가 마차를 직접 몬다면 마차 안에는 당연히 장도명이 타고 있을 것이다.

마차는 대로를 곧장 달려가다가 중간쯤에서 우측으로 꺾어진 후 갑자기 속도를 내서 내달렸다.

이른 아침이라서 거리에는 부지런한 장사꾼 외에는 사람

의 모습이 별로 보이지 않았다.

그 거리는 낙성로(落星路)라고 불리는데, 거리 끝에 자리 잡고 있는 한 가문의 이름을 딴 것이다.

바로 낙성검가였다.

마차는 낙성검가의 웅장한 전문 앞에서 멈췄고, 전문을 지키는 낙성검수 중 한 명이 마차의 문을 열고 안을 자세히 들여다보며 무언가 물었다.

이후 낙화귀의 대답을 듣고는 크게 놀라는 표정을 지었다.

낙성검수가 전문 안쪽을 향해 뭐라고 보고하자 잠시 후에 전문이 활짝 열렸으며, 마차는 지축을 울리면서 안으로 달려 들어갔다.

낙영루에서 돌아온 양궁표는 밤을 거의 뜬눈으로 보낸 후 아침 일찍 설무검의 방문을 두드렸다.

설영의 일을 자신의 힘으로는 도저히 해결할 수가 없어서 설무검에게 보고하려는 것이다.

양궁표의 설명을 모두 듣고 난 설무검은 길게 생각할 것도 없다는 듯 즉시 자리에서 일어났다.

"안내하게."

양궁표는 앞서서 동방객잔을 나가면서 설무검에게 진작 얘기하지 않은 것을 후회했다.

지금 설무검이 보여주고 있는 반응으로 미루어 이 일은 매우 중요한 것 같았기 때문이다.

넓은 대로를 설무검이 앞서 걷고 양궁표, 반호가 나란히 뒤따르고 있었다.

설무검은 품이 넓고 짙은 흑의 경장에 챙이 넓고 큰 개립(蓋笠:삿갓)을 쓴 모습이었다.

개립은 매우 넓고 깊어서 좌우 옆은 그의 어깨에까지 닿았고, 뒷덜미를 완전히 덮었다.

설무검은 검을 지니고 있지 않았다.

그는 자신의 천지검과 철갑을 모두 녹여서 오형제와 현조운의 여섯 자루 검, 그리고 반호의 간곡한 부탁에 따라 그의 활을 만들어주었다.

개립은 설무검 혼자만 썼다. 양궁표와 반호는 낙양이 난생처음이라 얼굴을 아는 사람이 아무도 없기 때문에 굳이 가릴 필요가 없었다.

양궁표와 반호의 오른쪽 어깨에는 각각 한 자루씩의 검이 메어져 있었다.

눈에 확 띄는 붉은 어피(魚皮)로 만든 칼집 안에는 천지검을 녹여서 만든 이룡검과 오룡검이 들어 있었다.

거기에다 반호는 왼쪽 어깨에 석 자 길이에 엄지손가락 두 개 굵기의 은흑색의 봉 하나와 전통(箭筒:화살통)을 메고 있었다.

그 봉은 평상시에는 그저 봉처럼 사용하지만, 양쪽 끝에 있는 장치를 누르고 힘을 주면 활처럼 휘어지면서 천잠사로 꼰 활시위가 나와 순식간에 활로 변한다. 그것은 설무검이 직접 설계한 것이다.

설무검으로서는 실로 육 년여 만에 다시 밟아보는 낙양의 거리라서 감회가 남다를 법도 한데 그의 표정은 조금도 변함이 없었다.

자신이 다스리던 땅에 그는 이방인이 되어 돌아왔다.

사실 그의 심중에서는 여러 가지 감회가 복잡하게 교차하고 있었다.

하지만 그 스스로 그런 감정들을 잘 다스릴 줄 알기 때문에 얼굴에 드러나지 않는 것이었다.

"그가 어떤 무공을 사용하던가?"

문득 앞서 걷던 설무검이 전음으로 양궁표에게 물었다.

오늘 아침에 양궁표가 설무검을 찾아와서 이번 일에 대해서 비로소 설명을 했기 때문에 개입하는 것이지, 만약 양궁표가 끝까지 입을 다물고 있었다면 그도 끝까지 모른 체하고 있었을 터이다.

설무검은 길을 걷고 있는 이런 시간조차도 쓸데없이 허비하고 싶지 않았다.

몇 마디 대화로 양궁표가 일개 살수에게 패한 원인을 밝혀내어 알려준다면 그에게는 큰 도움이 될 것이기 때문이다.

내심 설무검의 가르침을 원했지만 차마 그럴 수 없었던 양궁표는 기다렸다는 듯이 즉시 대답했다.

그는 설영과 싸워서 패한 이후 그의 탁월한 무공 실력에 대해서 오래도록 깊이 생각했기 때문에 간략하면서도 핵심적인 설명을 할 수가 있었다.

양궁표의 설명을 듣고 난 설무검은 생각에 잠긴 모습으로 아무 말이 없었다.

양궁표는 여간해서는 설무검에게 묻지 않는 편이지만, 이것은 달랐다.

자신이 어떤 무공에 패했는지, 자신과 싸웠던 그 어리고 아름다운 청년이 어떤 사람인지 궁금했다.

설무검이라면 그 궁금증을 속 시원하게 풀어줄 수 있을 것이라 여겼다.

"형님, 무슨 무공인지 아시겠습니까?"

양궁표가 조심스럽게 전음으로 물었다.

양궁표의 길지 않은 설명을 듣고 설무검은 이미 어떻게 된 일인지 대충 정리가 된 상태였다.

"자네가 전개한 전광류를 그가 어떤 수법으로 피했는지가 궁금한 것인가?"

설무검은 대답 대신 양궁표의 정곡을 찌르는 물음을 역시 전음으로 질문해 왔다.

"그렇습니다."

그것은 양궁표가 설영에게 패한 이후 갖게 된 여러 의혹 중에 하나였다.

"이유는 하나다."

양궁표는 자못 긴장했다. 그는 자신이 펼친 전광류가 왜 실패했는지, 설영이 어떻게 그처럼 간단하게 피할 수 있었는지 지금도 궁금했다. 그런데 설무검은 그 이유를 하나뿐이라고 축약했다.

"자네의 설명이 정확하다면 그가 전개한 보법은 유운무풍이 분명하다. 그것은 자네가 펼친 전광류를 피하고도 남을 절세의 보법이지."

양궁표가 생각하기에도 당시 설영이 사용한 보법은 신묘하기 짝이 없었다.

아무리 전력으로 공격을 퍼부었어도 도무지 그를 맞출 수가 없었던 것이다.

양궁표는 무공을 연마하는 과정에서나, 또 강호에 나와 실제 전광류를 사용하여 무림인들을 너무도 간단하게 죽이면서 그것이 얼마나 빠르고 위력적인 검법인지 새삼 깨달았고 또 감탄을 거듭했었다.

전광류를 전개할 경우에는 단 한 번이면 족했다. 그럼 상대
는 제자리에서 반걸음도 움직이지 못한 상태에서 미간이 관
통되어 즉사하기 마련이었다.

그런데 설영은 달랐던 것이다.

"완벽한 유운무풍과 완벽한 전광류가 마주치면 무조건 전
광류가 이긴다."

설무검의 결론적인 말에 양궁표는 속으로 '아!' 하는 탄성
을 터뜨렸다.

아주 간단한 것 같지만, 너무도 중요한 지적이었다.

결론적으로, 전광류를 극성으로 터득했을 경우에는 유운
무풍으로도 피하지 못한다는 것이다.

그것은 양궁표의 전광류가 아직 미숙하다는 지적이며, 양
궁표보다 설영이 고강했다는 뜻이었다.

설무검은 규칙적으로 걸으며 전음으로 설명을 이었다. 그
는 평소에 말을 거의 하지 않지만, 의제의 무공 발전을 위하
는 데까지 말을 아끼는 사람은 아니었다.

"자네와의 대결에서 그가 중반까지 사용한 무공은 유운무
풍을 제외하곤 전부 살수검(殺手劍)이다."

그는 양궁표의 설명만 듣고서도 마치 자신이 직접 본 것처
럼 설명했다.

살수검은 달리 자객검(刺客劍)이라고도 하는데, 일정한 초

식이나 변화가 전혀 없이 극히 간단명료한 수법으로 상대의 급소를 찌르거나 베어 숨통을 끊어놓는다.

그래서 살수검은 체계적으로 정해져 있는 초식을 배우는 것이 아니라, 혹독한 환경 속에서 끝없는 훈련을 통해서 완성되는 것이다.

"어째서 살수검이라고 단정하십니까?"

양궁표가 호기심이 가득한 표정으로 물었다. 설무검의 말을 믿지 못하는 것이 아니다. 그의 물음 그대로, 살수검을 식별하는 방법이 궁금한 것이었다.

"그자의 검과 자네 검이 몇 차례나 부딪쳤었지?"

"한 번도 없었습니다."

"살수검은 방어가 없다. 공격 일변도다."

"아!"

양궁표는 비로소 확연히 깨닫고 탄성을 터뜨렸다. 짙은 안개가 순식간에 걷히는 느낌이었다. 방어를 하지 않으니 상대의 검과 맞부딪칠 필요가 없었던 것이다.

강호의 경험이 거의 없는 양궁표는 설무검의 말 한마디 한마디가 곧 생생한 산 교육이었다.

"그리고 그가 후반에 사용한 초식은 아미파의 실전된 절학인 자우파풍검법과 화우뢰격검이다."

"자우파풍검법과 화우뢰격검……."

양궁표의 안색이 크게 변했다. 그는 충격을 받은 듯한 얼굴로 중얼거렸다.

돌이켜 생각해 보니, 그 당시 설영이 전개했던 두 가지 검법은 방금 설무검이 말한 이름 그대로였다.

첫 번째 초식은 소나기를 쏟아내는 것 같았고, 두 번째 주홍빛의 검기는 불덩이와 번갯불 같았다.

"그는 일개 평범한 살수가 아닌 것 같다."

굳이 설무검의 말이 아니더라도 양궁표 역시 그렇게 생각하고 있었다.

설무검은 상대가 일개 살수였다면, 그가 제아무리 뛰어나다고 해도 양궁표를 그처럼 간단하게 굴복시키지는 못했을 것이라고 생각했다.

원래 무인은 여러 가지 목적을 위해서 무공을 연마하게 되지만, 살수는 오직 한 가지 목적, 살인을 위해서만 피나는 수련을 한다.

그렇기 때문에 비슷한 공력이나 수준을 지닌 살수와 무림인이 싸우면 거의 살수가 승리하는 것이다.

그러나 살수검은 초식이나 변화가 없이 그저 단순히 찌르거나 베기 일변도의 수법이기 때문에 한계가 있다.

그렇기 때문에 강적과 맞닥뜨리면 여지없이 일패도지하고 마는 것이다.

설무검은 양궁표와 싸운 살수가 그저 살수였다면, 아무리 최고의 살수검을 익혔더라도 양궁표가 그처럼 어이없게 당하지는 않았을 것이라고 판단했다.

그자는 처음에는 시종 살수검을 사용하다가 나중에야 아미파 절학을 사용했다.

살수검만으로는 양궁표를 격패시킬 수 없다고 판단했기 때문일 것이다.

평생 동안 강호를 주유하면서 살수검 외에 또 다른 절학을 지니고 있는 살수를 만나게 될 확률은 극히 미미하지만, 양궁표는 운 나쁘게도 그런 살수를 만났었다.

설무검이 양궁표를 이겼다는 살수의 얘기를 듣자마자 즉시 행동을 개시한 이유는, 그자가 금호방주를 죽였기 때문이 아니었다.

양궁표의 설명대로라면 그자가 아무리 아미파 절학을 사용했더라도 살수가 분명했다.

살수는 자신이 죽이려는 표적이 왜 죽어야 하는지 이유를 모른다. 단지 명령에 따를 뿐이다.

그러므로 그를 제압해서 아무리 가혹한 고문을 하더라도 알아낼 것이 없다.

그자는 마지막 순간에 양궁표를 충분히 죽일 수 있었지만 죽이지 않았다.

설무검은 그 이유가 궁금한 것이다.

"그자가 왜 자넬 죽이지 않았다고 생각하는가?"

천하에 자신의 겨레붙이라고는 한 명도 없다고 생각하는 설무검은 양궁표를 위시한 의제들과 현조운 등 몇몇 사람들을 자신의 가족처럼 여기고 있다.

그런 그에게 형제들 중에서도 가장 아끼는 양궁표를, 죽여야 하는 상황에서도 죽이지 않은 살수가 어떤 인물인지 당연히 궁금할 수밖에 없었다.

"모르겠습니다."

양궁표의 표정이 착잡해졌다. 아무리 생각해도 가느다란 실마리조차 잡을 수가 없었다.

"죽음을 느낀 순간에 자넨 어떤 모습이었지? 아니면 무슨 생각을 했는가?"

설무검은 다른 방법으로 해답을 이끌어내려고 시도했다. 그것은 싸움이나 초식하고는 별개의 질문이었다.

"소제는……."

양궁표는 갑자기 얼굴을 붉혔다. 그 당시 상황을 다시 떠올리자 몹시 쑥스러워진 것이다.

설무검과 양궁표는 앞과 뒤에서 규칙적인 걸음으로 걸으면서 전음으로 대화를 나누고 있기 때문에 반호는 아무것도 느끼지 못하고 있었다. 그래도 양궁표는 반호에게마저 부끄러움을 느꼈다.

"소제는… 이제 죽는구나라고 생각하는 순간에 형님의 모습을 떠올렸습니다."

사랑하는 아내도, 아들도 아닌 설무검을 떠올렸다고 말하는 양궁표다.

"그리고는?"

하지만 설무검은 무덤덤하게 물었다.

양궁표의 얼굴이 더 붉어졌다. 차마 말하기 부끄러웠지만 설무검이기에 말할 수 있었다.

"소제는 아마… 눈물을 흘렸던 것 같습니다."

그렇게 말하고 양궁표는 얼굴이 화끈거려서 고개를 푹 숙이고 말았다.

그에게 설무검이 하늘이고, 설무검 앞에서는 아무것도 감출 것이 없지만, 자신이 나약한 모습을 보였다는 사실이 너무나도 부끄러웠다.

"그런가?"

설무검은 그렇게 짤막하게 중얼거린 후부터는 아무 말도 하지 않았다.

그는 나름대로 살수가 왜 양궁표를 죽이지 않았는지 어렴풋이나마 결론을 내렸다.

살수는 마지막 순간에 양궁표의 눈물을 발견하고 화우뢰

격검의 방향을 바꾸었다.

　살수가 왜 그랬는지는 알 수가 없지만, 양궁표가 말한 내용
으로는 그렇게밖에는 이해할 수가 없었다.

　이상한 살수다.

　눈물에 마음이 흔들리다니…….

第四十二章
정미

이른 아침 낙영루의 문은 굳게 잠겨 있었다.

우둑!

반호가 손에 살짝 힘을 주어 밀자 빗장이 힘없이 부러져 나가고 문이 활짝 열렸다.

설무검과 양궁표, 반호는 낙영루의 현관으로 당당하게 걸어 들어갔다.

기루의 점원들이나 숙수, 동자아치들은 오후가 돼야 일어나거나 출근을 하기 때문에 세 사람이 들어선 낙영루 일층은 텅 비어 있었다.

그러나 낙영루는 호위무사들이 열다섯 명씩 주야 교대로 지키고 있었다.

세 사람을 맞이한 것은 그들 중 일층을 지키는 세 명의 호위무사였다.

"무슨 일이오?"

그들은 현관을 부수고 당당하게 걸어 들어오는 설무검 등이 결코 좋은 뜻으로 낙영루를 찾아오지는 않았을 것이라 여기고 세 명이 전면을 부챗살처럼 가로막으며 그중 한 명이 당당하게 외쳤다.

"우두머리가 누구냐?"

양궁표는 낙영루에 뻔질나게 드나들었으면서도 이곳에 대해서 아는 것이 별로 없었다.

금호방주를 살해한 두 명의 살수가 한동안 이곳에 숨어 있었다는 것. 그리고 낙화귀의 얼굴을 두 번, 그것도 잠깐씩 봤던 것이 전부일 뿐이다.

호위무사들은 설무검 등의 외모와 기도만을 보고도 그들이 일류고수 이상이라는 사실을 간파했다.

호위무사들의 얼굴에 극도의 긴장감이 감돌았다.

"나요. 볼일이 있소?"

세 명의 호위무사 중 가운데 있던 인물이 가볍게 고개를 끄덕였다.

그는 현재 낙영루를 지키고 있는 호위무사 열다섯 명의 우두머리였다.

그는 할 수만 있으면 이 일을 좋게 끝내고 싶었다. 양궁표가 얼마나 고강한지 잘 알고 있기 때문이다. 어젯밤에 양궁표와 설영이 낙영루 후원에서 싸웠을 때 본 적이 있었다.

"어제까지 이곳에 두 명의 살수가 숨어 있었다는 사실을 알고 있다. 그들 중에 한 명이 이곳에 다시 잡혀왔지? 그는 어디에 있느냐?"

우두머리의 눈빛이 가볍게 흔들리는 것을 양궁표는 놓치지 않았다.

하지만 우두머리는 굳게 입을 다물고 있었다. 그의 얼굴에 떠올라 있는 표정은 죽는 한이 있어도 입을 열지 않겠다는 단호한 각오였다.

그리고 양궁표는 그것을 간파했다.

"오제, 저자를 잡아라."

양궁표의 입에서 '잡아라' 라는 말이 나왔을 때 반호는 이미 우두머리의 코앞에 이르러 있었다.

"헛?"

우두머리는 단지 깜짝 놀라는 외침을 터뜨렸을 뿐이다.

다음 순간 그는 순식간에 반호에게 어깨와 목덜미의 혈도 세 군데 마혈이 제압되고 말았다. 그러니 반호가 어떤 수법을 사용했는지 알 턱이 없었다.

양쪽에 서 있던 두 명의 호위무사라고 해도 별수가 없었다. 그들은 우두머리보다 반응이 더 늦었다.

그들은 뒤늦게야 놀란 얼굴로 발검하는 동작을 취하면서 동시에 반호에게 덮쳐가려고 했다.

그러나 그들은 미처 검을 뽑지도, 또한 한 발자국도 옮기지 못했다.

딱! 퍽!

반호가 우두머리를 제압하자마자 왼쪽 어깨의 철봉을 휘둘러 두 호위무사의 급소를 번개같이 짧고 강하게 가격하고 찌른 것이다.

두 명의 호위무사는 죽지는 않았으나 그 자리에 쓰러져서 극도의 고통 때문에 숨이 넘어갈 듯이 껄껄거렸다.

"잡혀온 살수는 어디에 있느냐?"

양궁표는 쓰러지지 않도록 반호가 어깨를 붙잡고 있는 우두머리 앞으로 바짝 다가서며 다시 물었다.

"모른다! 어서 죽여라!"

우두머리는 어금니를 악물고 양궁표를 노려보았다. 웬만한 자들은 이런 상황이 되면 겁을 먹기 마련인데 그는 더욱 날이 새파랗게 서서 악을 썼다.

원래 기루에는 호위무사 따위가 없다. 있다고 해봤자 기껏 주먹질이나 하는 건달 나부랭이들이다. 그런데 이곳에는 호위무사가 있었다.

그것은 이 기루가 다른 기루들과는 뭔가 다르다는 사실을 의미하고 있었다.

설무검은 이곳의 호위무사들이 평범한 자들은 아닐 것이라고 짐작했다.

양궁표와 반호는 낙영루를 지키고 있던 나머지 호위무사 열세 명을 반 각에 걸쳐 모조리 제압해서 끌고 와 한 방에 가두고 설영에 대해서 캐물었다.

그러나 우두머리뿐 아니라 호위무사들까지도 약속이나 한 것처럼 입을 굳게 다물고만 있었다.

하는 수 없이 양궁표와 반호가 직접 나서서 낙영루를 이 잡듯이 샅샅이 뒤졌지만 반 시진이 지나도록 설영을 찾아내지 못했다.

두 사람이 처음에 있던 장소로 돌아왔을 때, 그곳엔 설무검의 모습이 보이지 않았다.

"이곳으로 와라."

두 사람이 설무검을 찾으려고 두리번거리는데 어디선가 그의 목소리가 들려왔다.

그곳은 일층 복도 끝에 있는 구석방이었다.

낙영루에서 창고로 사용하는 장소로 여러 가지 잡다한 물품들이 가득 쌓여 있었다.

양궁표와 반호는 이미 그곳을 뒤졌지만 아무것도 찾아내지 못한 상태였다.

양궁표와 반호가 구석방에 들어섰을 때 설무검은 방 한가운데 물품이 쌓여 있지 않은 유일한 공간에 우뚝 서서 천천히 실내를 둘러보고 있었다.

"저길 치워라."

설무검이 한쪽을 가리키자 반호가 즉시 그곳의 상자들 여러 개를 한꺼번에 옆으로 밀었다.

그 순간 양궁표와 반호는 가볍게 놀랐다.

원래 실내는 돌바닥으로 이루어졌는데 그곳의 지름 석 자 가량의 정사각형만은 나무로 돼 있었다.

반호가 나무를 들어내자 바닥에 시커먼 구멍이 나타났다. 어두컴컴한 구멍 아래로 나선형의 계단이 보였다. 지하로 통하는 입구였다.

이런 곳이 있었으니 낙영루를 그렇게 샅샅이 뒤졌어도 아무것도 찾아내지 못했던 것이다.

만약 설무검이 아니었다면 양궁표와 반호는 지금껏 낙영루를 뒤지고 있거나 결국은 기운이 빠져서 포기했을 것이다.

그래서 두 사람은 과연 경험이 얼마나 중요한지를 다시 한 번 절감했다.

무공만 고강하고 경험이 일천하다면 건각(蹇脚:절름발이)이나 다를 바 없을 터이다.

설무검이 가볍게 고개를 끄덕이자 양궁표와 반호는 지체 없이 구멍 아래로 뛰어들었다.

양궁표는 그 아래에 낙영루의 밀실이 있다는 사실을 믿어 의심치 않았다.

과연 지하에는 세 개의 석실이 있었지만 양궁표는 그곳에서도 설영을 찾아내지 못했다.

그 대신 마혈과 아혈이 제압되어 있는 한 명의 중년 여인을 찾아냈다.

얼마 전에 양궁표는 중년 서생으로 변장했던 설영과 이 중년 여인이 대로를 함께 걸어가는 것을 봤었다.

그로 미루어 이 여자는 설영이 금호방주를 죽일 때 함께 행동했던 또 한 명의 살수가 분명했다.

양궁표는 이곳에서 중년 여인, 즉 정미에게 몇 가지 물어볼 생각이었다.

그러나 설무검이 석실 밖으로 나가는 것을 보고 정미를 안고는 즉시 뒤따랐다.

"밀폐되어 도주로가 차단된 공간에서는 최대한 빨리 볼일을 보고 벗어나야 하네."

빠른 걸음으로 계단을 올라가면서 나직이 설명하는 설무

검의 말을 듣고서야 양궁표는 아차 싶은 마음에 또 한 가지
사실을 깨달았다.

어떤 방 의자에 앉혀져 있는 정미는 자신을 굽어보고 있는
세 사람을 눈을 한껏 부릅뜬 채 눈동자를 이리저리 굴리면서
바쁘게 쳐다보았다.

그때 양궁표가 어렵지 않게 그녀의 턱 아래를 슬쩍 건드려
아혈을 풀어주었다.

"내 친구는 어떻게 된 거지? 응? 그녀는 어디에 있어? 그녀
를 찾은 거야?"

정미는 아혈이 풀리는 즉시 설영에 대해서 한꺼번에 질문
을 쏟아냈다. 그래도 양궁표를 몇 번 본 적이 있어서 그에게
묻는 것이었다.

정미의 행동은 내가 부를 노래를 사돈이 부르는 격[我歌査
唱]이었다.

정작 물어볼 사람은 말도 꺼내기 전에 정미는 제가 먼저 호
들갑을 떨고 있었다.

어젯밤, 대로를 걷던 그녀와 설영에게 낙화귀가 다가와 급
한 일이라면서 골목으로 들어가더니, 그 길로 설영도, 낙화귀
도 사라져 버리고 말았다.

그 직후 그녀가 할 수 있는 일이라고는, 당연히 낙영루로

찾아오는 것뿐이었다.

낙화귀는 아무 일도 없었다는 듯이 정중하게 정미를 맞이하며 곧 설영을 불러오겠다고 했다.

이후 정미가 방심하고 있는 틈을 타서 그녀를 제압하는 일은 손바닥을 뒤집는 것처럼 쉬운 일이었다.

마혈과 아혈이 제압된 채 지하 석실에 갇혀 버린 정미는 그제야 낙화귀가 배신을 했으며, 자신은 물론 설영까지 제압했다는 사실을 깨달았다.

그렇지만 단지 그것뿐이었다.

꼼짝없이 누운 채 낙화귀가 왜 배신을 한 것인지, 납치한 설영을 어떻게 했는지, 앞으로 자신의 운명은 어떻게 될 것인지, 아무리 생각에 생각을 거듭해 봐도 답이 나오지 않아서 거의 미치기 일보 직전이었다. 그러다가 양궁표에게 발견된 것이었다.

"뭐야? 모두 벙어리야? 내 친구는 어떻게 됐느냐고 묻는 말 못 들었어?"

정미는 양궁표 등이 침묵으로 일관하자 눈을 치뜨면서 앙칼지게 외쳤다.

그때 설무검이 정미의 얼굴로 손을 뻗더니 그녀의 턱을 더듬었다.

"무슨 짓을 하려는 거야? 저리 치워!"

좌악!

"악!"

설무검은 정미가 변장하고 있는 것을 간파했다. 그의 손이 정미가 쓰고 있던 인피면구의 끝을 잡고 단번에 벗겨내자 그녀는 얼굴의 피부가 한꺼번에 벗겨지는 듯한 고통에 날카로운 비명을 질렀다.

인피면구가 벗겨지고 정미의 아름다운, 그러나 표독한 얼굴이 드러났다.

양궁표는 그녀가 자신을 잘 알고 있는 것처럼 대하는 것에 좀 묘한 기분이 들어서 묵직하게 물었다.

"나를 알고 있느냐?"

"내가 너 같은 미련곰퉁이를 어떻게 알아? 단지 네 이름이 양궁표라는 것. 네가 다른 한 명과 금호방주를 뻔질나게 찾아왔을 때 본 것이 전부다!"

정미는 성격 그대로 앙칼지게 쏘아붙였다.

역시 그래서였다.

더구나 정미와 설영은 양궁표가 금호방주에게 자신의 이름을 말해주는 것까지 들은 모양이었다.

양궁표는 자신이 어젯밤에 대로상에서 낙화귀가 설영과 정미를 미행하는 광경을 우연히 목격하고 혹시나 싶어서 그 뒤를 추적했다가 지금에 이르렀다는 설명을 정미에게 간단히

해주었다.

"그럼… 내 친구는 지하 석실에 없었다는 거야?"

정미는 크게 놀라 눈이 화등잔처럼 동그랗게 커져서는 다그치듯 물었다. 그녀는 자신의 안위보다는 친구를 더 걱정하는 것 같았다.

"없었다. 그래서 어찌 된 일인지 너에게 물으려던 참이다."

정미는 이를 뽀드득 갈았다.

"낙화귀, 이놈이 감히 배신을……."

양궁표는 설무검을 쳐다보았다. 그가 무슨 생각을 하고 있는지 모르기 때문에 그가 나서서 직접 심문을 했으면 하는 바람이었다.

설무검은 정미 앞에 서서 조용히 입을 열었다.

"혈도를 풀어줄 테니 날뛰지 말거라."

정미는 약간 불신 어린 표정으로 설무검을 바라볼 뿐 아무 말도 하지 않았다.

설무검이 나섰기 때문에 양궁표와 반호는 한 걸음씩 뒤로 물러나 있었다.

그것이 정미에겐 잘된 일이었다. 그녀가 보기에는 설무검이 이들 무리의 우두머리 같았다.

혈도가 풀리는 즉시 우두머리부터 먼저 제압하고 나면 일이 쉬워질 것이다. 이들이 누구든 간에 자신의 적일 것이라고 판단한 것이다.

이들이 무엇 때문에 정미 자신을 구했는지, 이들의 목적이 무엇인지는 알 필요도, 알고 싶지도 않았다.

그녀는 오직 한시바삐 설영을 찾아내서 구하고 싶은 일념밖에 없었다.

지금 이 순간에도 위험에 빠진 설영이 구원의 손길을 간절히 기다리고 있을 것이라는 생각만 머릿속에 가득 차서 애가 바싹바싹 탔다.

그때 설무검이 정미에게 손을 뻗었다. 그의 손길이 스치듯 정미의 얼굴 앞에서 어른거렸다.

단지 그것뿐이었다. 마혈을 풀어준다고 하더니 아무리 기다려도 풀어줄 기미가 없어서 정미는 마침내 발끈 성질을 터뜨리고 말았다.

"뭐야? 지금 날 약 올리는 거야? 혈도를 풀어준다면서 왜 안 풀어주는 거지?"

설무검이 조용한 어조로 일깨워 주었다.

"네 혈도는 이미 풀렸다."

정미는 설무검의 말을 믿지 않았다. 자신도 모르는 사이에 혈도가 풀렸을 리가 없다.

"이것들이 날 뭘로 알고… 어맛?"

그녀는 자신의 혈도가 풀리지 않았을 것이라고 생각한 상태에서 분을 이기지 못하고 설무검에게 대드는 시늉을 하다가 몸이 확 튀어나가자 화들짝 놀랐다.

그녀의 몸은 균형을 잃고 설무검에게 부딪쳐 갔다.

척!

설무검이 그녀를 가볍게 안았다. 안지 않았으면 바닥에 내동댕이쳐졌을 것이다.

설무검의 당당하고 큰 상체에 비해서, 거기에 폭 안겨 있는 정미의 가녀린 몸은 채 절반도 되지 않았다.

정미는 놀란 얼굴로 설무검을 올려다보았다. 지금 이 상황에서 그가 자신에게 무슨 짓을 할 것만 같았다.

"이, 이놈! 날 놓아줘!"

정미는 설무검의 얼굴을 향해 공력이 실린 주먹을 휘두르며 앙칼지게 외쳤다.

척!

그러나 설무검은 그녀의 팔을 아주 간단하게 잡은 후 아무 일 없었다는 듯 그녀를 놓아주었다.

정미는 머릿속이 흙탕물처럼 마구 헝클어졌다.

설무검은 거짓말을 하지 않았다. 그의 말대로 혈도는 풀려 있었다.

그런데도 정미는 망아지처럼 날뛰다가 설무검의 품에 안

겨 버렸고, 그것도 모자라서 그를 때리려다가 팔까지 잡혔지만, 그는 응징을 하려고도 않고 순순히 놓아주었다. 만약 그녀가 설무검이라면 어림도 없는 일이었다.

정미는 바보가 아니었다. 이들이 무슨 목적을 갖고 있는지는 몰라도, 최소한 자신을 해치지 않을 것이라는 것쯤은 짐작할 수 있었다.

그녀는 말끄러미 설무검을 바라보았다. 이성을 찾은 후 처음 그를 보는 것이었다.

그제야 그녀는 설무검의 얼굴을, 전체 모습을, 그리고 그의 전신에서 풍겨지는 기도를 느낄 수 있었다.

"……."

갑자기 그녀는 가슴이 콱 막히면서 숨을 쉴 수 없을 정도의 지독한 위압감을 느꼈다. 세상에 태어나서 누군가에게 이런 느낌을 받기는 처음이었다.

이것이 대체 무슨 느낌인지, 뭐라고 말로 표현할 수도, 마음속에서 정리되지도 않았다.

그녀는 자신이 마치 거대한 절벽 앞에 홀로 서 있는 듯한 느낌을 받았다. 그게 아니면 끝없이 펼쳐진 망망대해를 바라보고 있는 것 같기도 했다. 절벽이든, 망망대해든 그녀 자신이 한없이 초라하게 느껴지는 기분은 같았다.

양궁표와 반호에게는 정미의 이런 반응이 새삼스러운 것

도 아니었다.

제대로 된 안목을 갖고 있는 사람이라면 남녀노소를 불문하고 설무검을 보는 순간 나타나는 반응이고, 양궁표와 반호는 이미 여러 차례 그런 광경을 목격했었다. 또한 그들 역시 설무검을 처음 봤을 때 지금 정미가 짓고 있는 표정과 별반 다르지 않은 표정을 지었었다.

한동안 경직된 듯 설무검을 바라보던 정미의 시선이 스르르 아래로 향했다. 감히 설무검을 똑바로 바라볼 수 없었기 때문이었다.

여자로서 부러질지언정 꺾이지 않는 강골의 성격을 지닌 정미에게는 실로 드문 현상이었다.

그런데 이상하게 가슴이, 아니, 심장이 두근거렸다. 너무 심하게 두근거려서 심장이 가슴 밖으로 튀어나오지나 않을까 염려될 정도였다.

물론 그녀는 왜 갑자기 그런 현상이 벌어지는 것인지 깨닫지 못했다.

그때 설무검이 조용히 입을 열었다.

"지금 이 상황에서 너라면 네 친구를 찾기 위해서 제일 먼저 무엇을 하겠느냐?"

정미는 무심코 설무검을 쳐다보다가 움찔하며 다시 시선을 내리깔았다.

“왜… 그녀를 찾으려는 건가요?”

방금 전까지만 해도 설무검에게 이놈 저놈 하던 그녀의 말투가 많이 누그러졌다.

양궁표는 고개를 갸웃거렸다. 자신이 알고 있기로 설영은 남자인데 정미는 ‘그녀’ 라고 했기 때문이다.

그러나 정미가 친구라고 자처하는 사람의 성별을 모를 리가 없었다.

그래서 양궁표는 자신이 설영을 남자로 착각한 것이라 여기고 그를 여자라고 다시 고쳐 생각하게 되었다.

“어젯밤에 그가 싸움에서 패한 내 아우를 죽이지 않았다. 그 이유가 궁금하다.”

정미는 힐끗 양궁표를 쳐다보았다. 양궁표의 어깨와 옆구리의 옷에는 피가 얼룩얼룩 배어 나와 있어서 설무검이 말한 아우가 그라는 것을 알 수 있었다.

“중요한 일은 아니로군요?”

설무검은 대답하지 않았다.

정미는 고개를 모로 꼬고 잠시 생각하는 듯하다가 고개를 가로저었다.

“그녀는 강하고 또 냉정해요. 자신을 공격한 사람을 살려주는 짓 따윈 하지 않아요. 그런데 그녀가 저 사람을 살려주었다니, 나로서는 믿기 어렵군요.”

그녀의 말은 꽤나 단정적이었다. 설영과 양궁표가 싸우고 있을 때 그녀는 낙영루 지하 석실에 대피해 있었으므로 보지 못했던 것이다.

하지만 설영이 양궁표를 죽이지 않은 것은 틀림없는 사실이었다. 그리고 정미는 지금 살아 있는 양궁표를 눈앞에서 보고 있지 않은가.

양궁표가 설무검에게 공손히 설명을 덧붙였다.

"소제가 보기에도 그는, 아니, 그녀는 몹시 냉정한 사람인 것 같았습니다. 그렇기 때문에 소제를 죽이지 않은 이유가 더욱 궁금합니다."

정미는 잠시 생각에 잠겼다가 설무검을 보며 암울한 표정으로 말했다.

"조금 전의 질문에 대한 대답인데… 난 내 친구를 찾기 위해서 아무것도 할 게 없는 것 같아요."

그녀는 갑자기 눈에 띄게 심각해졌다. 그러더니 곧 두 눈에 눈물이 찰랑찰랑 고였다.

그것은 살인을 직업으로 삼는 살수라고 여겨지지 않는 나약하고 감정적인 모습이었다.

그러나 설무검 등은 그녀가 나약해서라기보다는 납치된 친구와의 우정이 너무도 각별해서 걱정이 막심하기 때문이라고 생각했다.

설무검은 잠시 갈등했다. 그가 양궁표의 일에 관심을 갖게 된 이유는 의제를 아끼는 마음에서 비롯되었다. 그것은 감정의 발로이다.

원래 감정이란 것은 큰일이든 작은 일이든 전혀 도움이 되지 않는 법이다.

대성하는 인물들은 감정을 잘 드러내지 않는다. 이성으로 사리분별을 하기 때문이다.

설무검은 이쯤에서 감정을 접어야 할 것인지, 조금 더 나아가 볼 것인지를 생각하고 있었다.

"우리가 금호방주를 죽인 것 때문이라면, 아무것도 알아낼 수 없을 거예요."

정미는 생각에 잠긴 설무검의 눈치를 살피면서 냉정하게 말하려고 애썼다.

그녀는 조금 전에 이들이 말했던 설영을 찾는 이유를 완전히 믿을 수가 없었다.

그보다는 금호방주를 죽인 살수를 찾아내서 무언가를 캐내려 한다는 쪽이 더 설득력이 있을 법했다.

설무검이라고 금호방주를 죽인 배후가 누군지 왜 궁금하지 않겠는가?

하지만 금호방주를 죽인 것은 살수다. 살수에게서 청부자를 알아낸다는 것은 거의 불가능한 일이다.

무림에 살수라는 존재가 생긴 이후 청부자를 알아낸 경우
는 그리 흔하지 않았다.

누가 청부했는지 알아내려면 우선 살수를 제압해서 어떤
살수 조직인가를 알아내야 한다.

그다음에는 그 살수 조직에 찾아가서 청부자가 누군지 캐
내야 하는데, 두 가지 다 대답을 듣는 것이 결코 녹록치가 않
은 것이다.

살수는 자신이 어느 조직에 속해 있는지 죽음을 각오하고
서라도 불지 않을 테고, 살수 조직은 조직이 와해되는 극단의
사태가 벌어진다고 하더라도 끝까지 비밀을 지키려고 할 테
니까 말이다.

비밀이 누설되는 순간 살수 조직의 신용도는 바닥에 떨어
지고, 청부는 일체 들어오지 않는다. 그것은 조직이 와해되는
것보다 더 비참한 결과다.

그러므로 살수 조직들은 그런 극단적인 상황에 처하게 되
면 실토보다는 자멸을 선택하는 것이다.

설무검이 금호방주를 죽이라고 살수 조직에 청부한 배후
를 캐내려면 못할 것도 없다.

그러나 반드시 알아낸다고 장담할 수는 없는 일이다. 또한
그러려면 하고 있는 일들을 모두 제쳐 두고 그 일에만 전력을
기울여야 한다.

청부자를 알아내는 일이 중요하기는 하지만, 지금으로서는 그보다 더 중요한 일이 많았다.

설무검은 백두산의 천백검문에서 사 년 동안의 무공 연마를 마치기 전까지는 중천무림이나 그 외 무림에 대해서 아는 것이 거의 전무했다.

힘을 갖추지 않은 상태에서 중천무림의 돌아가는 상황에 대해서 미리 알고 있어봤자 속만 쓰리고 더 비참해질 뿐이기 때문이었다.

그는 천백검문을 나와 경붕현으로 돌아와서 예전 군총 자리에 새로운 방파를 개파하는 과정에서 만화루주 보화와 상봉을 했다.

그리고 그녀에게서 비로소 중천무림과 무림의 정세에 대해서 상세한 보고를 들었다.

설무검은 사 년 전에 경붕현을 떠나면서 보화에게 무림 정세와 중천무림의 동향에 대해서 정보를 수집하라는 것과 매각했다가 다시 매입한 군총의 부지를 관리해 달라는 두 가지를 부탁했다.

보화는 그 두 가지를 넘치도록 완벽하게 수행했다. 예전 군총에 있던 전각들을 모조리 헐고 새로 개파할 방파에 적합하도록 웅장한 전각군들을 순전히 자신의 자금을 들여서 새로 건축했다.

또한 무림의 정세. 특히 중천무림에 대해서 지난 사 년 동안 며칠 간격으로 수하들에게 보고를 듣고 그것들을 꼼꼼하게 일지로 기록하여 남겨두는 철저함을 기했다.

설무검은 중천무림에 아직도 자신을 따르는 인물들이 있을 것이라고는 기대하지 않았었다.

그러나 보화의 일지를 읽다가 그런 인물들이 있으며, 그들이 중천십이지파 중 다섯 방파, 문파의 수뇌들이고, 중천오충이라고 불린다는 사실을 알게 되었다.

그래서 그는 원래 자신이 세웠던 계획에 중천오충을 첨가시켜 양궁표를 먼저 보내 금호방주와 은밀히 만나 자신의 친서를 전하라고 했던 것이다.

설무검이 중천오충 중에서 금호방주를 선택한 이유는 그의 올곧은 성품을 잘 알기 때문이었다.

그런데 금호방주가 살수에게 암살을 당해서 계획에 약간의 차질이 생겼다.

그러나 아직 중천사충이 남았으며, 금호방주가 죽었다고 해서 금호방이 멸문한 것은 아니다.

원래 설무검의 계획에 중천오충은 들어 있지 않았으므로 그들의 힘을 빌리지 않아도 그만이다. 현재로서 중천오충은 뜻밖의 덤 정도인 것이다.

잠시의 생각 끝에 설무검은 이 일을 조금 더 진행해 보기로 결정했다.

이미 발 하나를 담갔으니 발목까지 적시든 무릎까지 적시든 별 차이는 없었다.

"오제는 바깥을 살피고, 궁표는 호위무사 우두머리를 이곳으로 데리고 오게."

바깥을 살피라고 하는 이유는 설영을 데리고 갔을 것으로 짐작되는 낙화귀가 돌아오는지 지켜보라는 것과 혹시 있을지 모를 다른 자들의 침입에 대비하라는 것이다.

자신이 위험한 상황이 아니라고 판단한 정미는 이들과 잠시 동안 함께 있기로 작정했다.

아니, 설영을 찾으려면 자신의 능력만으로는 막막하지만 이들, 특히 설무검이라면 무언가 해낼 수 있을 것 같았다.

第四十三章

이 한 목숨 바쳐서라도

낙영루 호위무사들의 우두머리는 방바닥에 반듯하게 눕혀
진 자세에서 온몸을 부들부들 격렬하게 떨면서 굵은 땀을 흘
리고 있었다.

두 눈은 당장이라도 튀어나올 듯이 한껏 부릅떠졌으며, 콧
구멍에서는 거친 콧바람이 씩씩 뿜어 나왔고, 어금니를 악다
문 입 속에서는 이 가는 소리와 이빨 부러지는 소리가 한데
뒤섞여 나왔다.

우두머리는 마혈이 제압되어 손가락 하나 까딱하지 못하
는 상태였고, 아혈이 제압되어 신음조차 흘리지 못했다. 움직

이지도, 소리를 지르지도 못한 상태에서의 고통은 훨씬 가중
되기 마련이다.

우두둑! 뚜둑! 으지직!

그뿐만이 아니었다. 우두머리의 온몸에서 뼈가 뒤틀리고
부러지는 듯한 음향과 근육이 늘어나고 오그라드는 음향이
섞여서 나왔다.

그런 우두머리에게서는 아까 빨리 죽여 달라고 기세등등
하던 모습은 조금도 찾아볼 수가 없었다.

그 광경을 지켜보고 있는 정미는 모골이 송연해지고 서 있
는 다리에 힘이 빠질 정도로 진저리를 쳤다. 우두머리가 고통
스러워하는 광경을 보고 있자니 그의 고통이 그녀에게 고스
란히 전이된 듯한 느낌이었다.

웬만한 일에는 눈도 까딱하지 않는 양궁표마저도 이런 광
경 앞에서 만큼은 태연하게 있을 수가 없었다. 그는 자신도
모르는 사이에 잔뜩 눈살을 찌푸린 채 두 주먹을 굳게 움켜쥐
고 있었다.

조금 전에 설무검이 우두머리에게 가한 수법은 분근착골(粉
筋鑿骨)이었다.

말 그대로 근육을 가루로 만들고 뼈를 뚫는 지독한 고문 수
법인 것이다.

분근착골은 원래 정사 간의 수법이며, 너무도 잔인해서 정

파에서는 오래전에 사용이 금지됐지만 그 효과가 탁월해서 간간히 은밀하게 사용되고 있었다.

하지만 그 점혈의 수법이 너무도 복잡하고 난해할뿐더러, 그 수법을 알고 있는 사람이 흔치 않은 탓에 배우고 싶어도 쉽사리 배우지 못한다.

조금 전에 설무검은 양궁표가 우두머리를 실내로 끌고 들어오자마자 일언반구도 없이 그의 몸에 분근착골수법을 시행했다.

그러니까 지금 우두머리는 영문도 모른 채 지독한 고통을 당하고 있는 것이다.

어느덧 그렇게 반 각의 시간이 흐르자 우두머리의 떨림은 점차 잦아들었다. 고통이 사라지기 때문이 아니라 오히려 고통이 점차 가중되고 있었다.

그런데도 떨림이 잦아드는 이유는 고통의 한계점에 이르렀기 때문이었다.

분근착골의 무서움은 고통이 점차 가중되어 극한에 이르지만 결코 한계점을 넘지 않는다는 데에 있다.

고통이든 쾌락이든 한계점을 넘어버리면 무감각(無感覺)해지는 것이 인체의 섭리다.

깊은 물은 소리없이 흐르고, 정말 뜨거운 불길은 불꽃이 보이지 않는 법이다.

분근착골의 고통은 극한에 도달했지만, 그것에 반응하는 뇌가 벌써 지쳐 버렸다.

이제 고통을 느끼는 것은 몸이 아니라 온몸의 신경과 뇌다. 그리고 끝없이 팽창하는 공포.

양궁표, 그리고 정미까지도 이 정도 고통을 맛보았으면 이제 그만 멈춰도 우두머리가 알고 있는 모든 것을 술술 토해낼 것이라고 생각했지만, 설무검은 여전히 팔짱을 낀 채 묵묵히 지켜보기만 했다.

설무검은 우두머리의 눈을 보고 있었다. 동공에 조금이라도 총기가 남아 있어서는 안 된다. 고문에는 순서가 있는 법이다. 반항, 애원, 절망의 순서로 이어지다가 막바지에 이르러 체념이 떠오르는 그때가 바로 멈출 때이다.

그리고 지금 우두머리는 절망에서 체념으로 넘어가고 있는 중이었다.

일각을 조금 못 채웠을 때 설무검이 우두머리에게 우수를 뻗었다.

타다다다닥!

그의 손가락이 우두머리의 온몸 서른아홉 군데 혈도를 살짝살짝 건드리자 비로소 떨림이 멈추었다.

얼마나 손놀림이 빠르면 양궁표와 정미는 눈도 깜빡이지 않은 채 열심히 보고 있으면서도 하나같이 열 번째 혈도쯤에서 놓치고 말았다.

"끄으으… 무엇을 워, 원합니까? 아는 것은… 모두… 말해 드리… 겠습니다. 제발… 편히 죽여… 주십시오……."

우두머리는 살아생전에는 두 번 다시 자신에게 말할 기회가 없을 것처럼 헐떡이며 중얼거렸다. 그의 얼굴에는 공포와 눈물과 땀이 범벅되어 있었다.

"흐으으… 약속해 주십시오. 살려주는 것도 싫습니다. 꼭… 반드시 편하게 죽여주십시오."

설무검은 가볍게 고개를 끄덕이면서 우두머리의 뒷덜미를 잡고 가볍게 들어 올려 의자에 앉혔다.

"그러기 위해서는 네가 알고 있는 것을 모두 털어놔야 할 것이다."

이후 우두머리는 몇 차례 심호흡을 하고 나서 공포가 진득하게 묻어 있는 목소리로 입을 열기 시작했다. 그는 자신이 알고 있는 것들을 모두 말해서 더 이상 말해줄 것이 없는데도 불구하고 혹시 자신이 무언가를 빠뜨리지 않았을까 머리를 쥐어짰다.

우두머리가 털어놓은 것들은 그리 많지 않았는데, 대충 정리하면 이러했다.

우선 그는 장강수로십팔채(長江水路十八寨) 중 칠채(七寨)의 우두머리인 채주이다.

그는 장강수로십팔채를 지배하는 총채주(總寨主)의 명령을 받아 자신이 거느리고 있는 수하 중에서 가장 뛰어난 수하 사십 명을 뽑아 벌써 삼 년째 이곳 낙영루에서 호위무사 노릇을 하고 있다.

어젯밤에 낙영루주인 낙화귀가 금호방주를 암살한 두 살수 중에 한 명을 제압해 데리고 와서 지하 밀실에 가두었다. 그리고 얼마 후에 낙영루로 찾아온 또 한 명의 살수까지 제압해서 가두었다.

즉, 설영과 정미다.

오늘 아침, 낙화귀는 한 명의 살수를 마차에 태운 뒤, 한 사람을 모시고 낙영루를 나갔다.

우두머리, 즉 칠채주는 낙화귀가 외출을 할 때 암중에서 호위하는 임무도 띠고 있으므로, 오늘 아침에 낙화귀가 마차를 몰고 향한 곳을 알고 있었다.

그곳은 바로 낙성검가였다.

낙성검가라는 말을 듣는 순간 설무검의 얼굴에 은은한 노기가 떠올랐다가 곧 사라졌다.

그것을 정미가 우연히 발견했다.

'뭐야? 저 사람은 낙성검가라는 곳에 안 좋은 감정이라도 있는 건가?'

그녀는 낙성검가가 무언지 모른다. 아니, 무림에 대해서는 완전히 깜깜하다.

그러니 삼천무림이니, 중천무림 같은 것에 대해서 알고 있을 턱이 없다. 그녀가 알고 있는 것은 살수행(殺手行)에 대한 것뿐이다.

설무검은 탈진한 상태에서도 공포에 젖어 있는 우두머리, 즉 장강수로십팔채의 칠채주에게 조용히 물었다.

"낙화귀는 누구냐?"

"낙영루주이고 혈월단 사람입니다."

"그가 모시고 나간 인물이 누구냐?"

칠채주는 고개를 가로저었다.

"모릅니다. 그저 혈월단의 높은 사람일 것이라고만 짐작하고 있습니다."

"너와 낙화귀는 무슨 관계냐?"

"저는 총채주로부터 그의 수하가 되라는 명령을 받았었습니다. 자세한 것은 모릅니다."

설무검은 혈월단 인물들의 의도를 간파했다. 그들은 금호방주를 죽인 살수를 잡아서 낙성검가에 바치려는 것이다.

하지만 그들이 그렇게 해서 무엇을 얻으려 하는 것인지는 알 수 없었다.

정파의 높은 기둥인 낙성검가가 하부 세력으로 혈월단 따위의 해적을 거느릴 리는 없다.

그러니 혈월단은 낙성검가를 상대로 무언가 거래를 하려는 것이 분명했다.

해적 혈월단과 중천무림의 절대자가 되려고 하는 낙성검가의 만남은 누가 보기에도 전혀 어울리지가 않았다.

그러나 한 가지 사실만은 분명하게 추측할 수 있었다. 이후 낙성검가주 단해룡은 자신이 중천의 절대자에 등극하려는 일에 금호방주를 암살한 살수를 최대한 이용할 것이라는 사실이다.

문득 설무검은 한 가지 작은 의문이 생겼다.

"금호방주를 죽인 살수 조직과 해적 혈월단이 무슨 관계가 있느냐?"

설무검은 중천의 절대자였던 시절에 자신의 직속으로 정보만을 수집하고 분석, 담당하는 부서를 따로 두어 이삼 일에 한차례 보고를 받았기 때문에 천하무림의 정세에 대해서는 모르는 것이 없을 정도였는데도, 혈월단이라는 방파는 금시초문이었다.

칠채주는 정미를 힐끗 보고 나서 어눌하게 대답했다.

"자세한 것은 모르지만 수하의 보고에 따르면, 저들 살수 중 한 명이 낙영루에 처음 찾아와서 혈월단 소단주의 이름을 댔다고 합니다."

그것만으로는 의문이 풀리지 않았다.

정미는 무언가 갈등하고 있었다. 이 정도 얘기는 해도 괜찮을지 어떨지를 나름대로 가늠하는 듯했다.

그런데 그녀의 그런 모습이 설무검에게 발견됐다. 설무검은 묵묵히 그녀를 응시했다.

말을 하라고 종용하지도 않았는데 정미는 무언의 압박을 받는 듯한 표정이었다.

"소… 소영과 혈월단 소단주 태무는 친구 사이에요!"

급기야 그녀는 제 풀에 그렇게 털어놓고 말았다.

설무검은 낙성검가로 끌려간 살수의 이름이 소영일 것이라고 짐작했다. 소영이라는 살수와 혈월단 소단주 태무가 어떻게 친구가 될 수 있었느냐는 것은 또 다른 의문이지만, 그것까지는 알 필요가 없었다.

현재로선 금호방주를 죽인 살수 조직과 혈월단은 아무런 연관이 없는 듯했다. 소영이라는 살수와 혈월단 소단주 태무가 개인적인 친분이 있을 뿐이었다.

금호방주를 죽인 두 명의 살수는 개봉에서 낙양까지 도주했으나 이곳에서 발이 묶이고 말았다.

그래서 소영은 친구인 태무의 연줄을 이용하여 당분간 낙영루에 몸을 의탁했는데, 낙영루주인 낙화귀가 그를 배신하여 낙성검가에 넘겼을 것이다.

"내 친구를 구할 방법이 없을까요?"

설무검의 눈치를 살피던 정미가 자신의 처지도 잊은 듯 설무검에게 조심스레 물었다.

"낙성검가는 용담호혈(龍潭虎穴)이라고 할 수 있다. 무림에서 낙성검가에 침입했다가 살아서 나올 만한 인물은 몇 명 되지 않을 것이다."

"당신은 그 몇 명에 속하지 않나요?"

설무검은 잠자코 있었다. 예전 중천의 절대자 정도의 무위라면 능히 그럴 수 있을 터이다.

현재 그는 단전에 박혔던 청천검을 뽑아낸 상태이기 때문에 공력으로 단전을 복구하면서 나날이 공력이 회복되고 있는 중이라서 공력의 수위가 오늘 다르고, 자고 나면 또 달라지고 있었다.

그러나 정작 중요한 것은, 그가 위험을 무릅쓰고 낙성검가에 잠입해서 정미의 친구를 구해올 하등의 이유가 없다는 사실이다.

그것을 모를 리 없는 정미다. 그녀는 애원 어린 표정으로 설무검을 바라보았다.

"부탁이에요. 그녀를 구해주기만 하면 무엇이든 다 할게요. 내 목숨이라도 내놓겠어요."

정미는 안타깝게 눈물을 흘리면서 몸을 조그맣게 조아리며 애원했다. 지금 같은 상황에서 자신이 기댈 수 있는 사람이 설무검뿐이라고 판단한 것이다.

신봉각주 은자랑이, 그녀의 여동생 은리가, 검풍루주 한효령이 설영을 얼마나 귀하게 여기는 줄 모르는 그녀였기에 이러는 것이었다.

그러므로 설령 이런 사실을 검풍루에 보고한다고 해도, 검풍루의 법에 따라 그저 설영을 방치 또는 폐기할 것이라고 여긴 것이다.

슥!

설무검은 결정했다. 이 일에서 그만 손을 떼기로. 그가 방문 쪽으로 몸을 돌려 성큼성큼 걸어가자 정미는 깜짝 놀라 몇 걸음 그를 따라갔다.

"제발……."

그녀는 설무검의 넓은 등을 바라보면서 구슬 같은 눈물을 흘렸고, 그녀의 입에서는 애원에 가까운 중얼거림이 흘러나왔다.

무엇이든 최고였던 설영이 첫 번째 임무에서 이런 변을 당할 줄은 추호도 예상하지 못했던 그녀였다.

그리고 설영이 없는 삶을 그녀는 꿈조차 꿀 수 없었다.

설무검과 양궁표가 나가고 실내에는 정미와 칠채주만 남았다.

아니, 버려졌다.

애원의 표정이 가득 떠올랐던 정미의 얼굴이 점차 허망함으로 변했고, 이윽고 차디차게 변하며 두 눈에서 지독한 안광이 뿜어졌다.

그녀는 도톰한 입술을 피가 나도록 세게 깨물었다.

"기필코 영아를 구해내고 말겠어! 나 혼자서는 절대 돌아가지 않아!"

*   *   *

아침에 낙영루를 나섰던 낙화귀는 늦은 오후가 돼서야 낙성검가에서 나올 수가 있었다.

그는 낙영루를 나섰을 때처럼 마부석에 앉아 마차를 몰고 있었지만, 그때와는 달리 지금 마차 안에는 아무도 타고 있지 않았다.

지금 장도명은 낙성검가 안에서 총관의 융숭한 접대를 받으면서 출타 중인 낙성절정검 단해룡의 귀가를 기다리고 있는 중이었다.

오늘 이른 아침나절에 낙성검가에 들어섰을 때 총관에게 안내된 장도명은 정중한 태도로 한마디만 하고는 이후 입을 다물었다.

"이놈이 금호방주를 죽인 살수외다. 나머지는 가주를 직접 만난 후 말하겠소."

장도명은 배짱 좋게도 설영을 낙성검가에 넘기지 않은 채 자신의 옆에 데리고 있었다.

크고 화려한 방에서 유유자적 술을 마시던 장도명은 오후가 되자 낙화귀에게 그만 돌아가라고 지시했다.

자신은 낙성검가에서 볼일을 마친 후에 제 갈 길로 가겠다는 것이었다.

사실 장도명 혼자 있는 것이나 낙화귀가 함께 있는 것이나 별 차이는 없었다.

만약 낙성검가가 그들을 죽이려고 작정한다면, 설혹 열 명의 장도명과 백 명의 낙화귀가 모여 있다고 해도 소용이 없을 터이다.

마부석에 앉아서 직접 마차를 몰고 있는 낙화귀는 수많은 행인들로 복잡한 낙성로를 벗어나 낙영루로 향하는 대로로 접어들었다.

장도명의 명령에 따라 설영을 제압하기는 했으나 태무에게는 대죄를 저지른 그였다. 입이 백 개라도 추호의 변명의 여지가 없었다. 이 일을 장차 어찌하면 좋을는지 지금 낙화귀의 머릿속은 엉킨 실타래처럼 복잡했다.

원래 낙화귀는 강소성 동해 연안의 작은 소해적단에 속한 해적이었다. 그 소해적단이 혈월단에 굴복하여 흡수되는 바람에 떠밀리듯이 혈월단 해적이 되었다.

이후 우연한 기회에 장도명의 눈에 띄어 몇 년 동안 그의 측근으로 있었다. 말이 좋아 측근이지, 하인이나 다름이 없는 신세였다.

그러다가 먼 여행을 떠나는 소단주 태무를 호위하라는 명령을 받았다. 그것이 인연이 되어 그때부터는 태무의 그림자가 되어 오늘에 이르고 있는 것이다.

태무에게는 세 명의 심복이 있는데, 낙화귀는 그중 하나였다. 그 정도면 태무가 그를 얼마나 신임하는지 알 수 있을 터이다.

그런 그가 태무를 배신한 것이다.

'병신 같은 놈! 목숨이 아까웠던 것이냐?

일그러진 얼굴로 고심하던 낙화귀는 스스로를 용서할 수가 없어서 몸을 부르르 떨다가 신경질적으로 말 잔등에 채찍을 후려갈겼다.

그러자 놀란 말이 갑자기 달려나가는 바람에 행인들이 좌우로 피하느라 한바탕 난리가 벌어졌다.

모든 것이 엉망진창 뒤죽박죽이었다. 할 수만 있다면 이 일을 다시 원점으로 되돌리고 싶었다.

그래서 장도명 앞에서 가슴을 당당하게 편 채 나는 소단주를 배신할 수 없으니 차라리 죽이라고 말하고 싶었다.

그러나 정말 그 상황이 다시 재연된다면, 그는 어쩔 수 없이 또 설영을 잡아서 장도명에게 넘기게 될 것이다.

그렇기에 정작 상황이 닥치기 전에는 누구도 일각 앞의 미래조차 장담할 수 없는 것이다.

그는 장도명의 명령을 거스를 수가 없었다. 솔직히 목숨이 아깝기 때문이다. 몇 푼어치도 되지 않을 이 목숨이…….

태무를 만난 것이 계기가 되어 새 삶을 살게 됐다고, 그에게 하늘 같은 은혜를 입었다고 틈만 나면 앵무새처럼 떠들어 댔던 그가 아니었던가?

그러므로 원수를 원수로 여기는 일은 쉽지만, 은혜를 은혜로 알고 갚는 일은 실로 어려운 일이다.

그때 저 멀리 전각들 사이로 낙영루가 보였다. 그러자 여태껏 잊고 있었던 또 한 가지 일이 생각나 낙화귀를 착잡하게 만들었다.

낙영루 지하 석실에 제압된 상태로 갇혀 있을 정미를 어떻게 할 것인지 하는 문제였다.

이 일을 감쪽같이 처리하여 뒤탈이 없으려면 정미를 죽여야만 한다.

설영은 낙성검가에 넘겨진 상태이니까 살아서 나올 확률은 전무하다고 봐야 한다. 정미까지 죽여야 이 일이 깔끔하게 마무리가 되는 것이다.

‘빌어먹을!’

설영을 팔아넘겼는데 그까짓 살수 한 명 더 죽이는 것이 무에 대수겠는가?

낙화귀는 어금니를 악물면서 나약해진 마음을 추슬러 일부러 독하게 마음먹었다.

“……!”

문득, 낙화귀는 시선을 낙영루에 못 박은 채 말고삐를 잡아당겨 마차를 급히 멈추었다.

때는 유시(酉時:오후 6시)가 조금 못 된 시각이었다.

아직 날이 어두워지진 않았지만, 평소라면 낙영루 현관 양쪽 기둥에 오색등이 내걸려 있어야 했다. 그런데 오색등이 보이지 않았다.

다시 눈여겨 자세히 살펴보자 이상한 점은 그것뿐만이 아니었다.

분주하게 오가고 있어야 할 점소이들이나, 손님들을 불러모으려고 현관 앞 거리로 나와 서성이고 있어야 할 호객꾼의 모습도 보이지 않았다.

눈치라면 누구에게도 뒤지지 않는 낙화귀다.

‘무슨 일이 생겼다!’

그렇게 직감한 낙화귀는 그 즉시 마차를 길가 후미진 곳에 대고 땅으로 뛰어내렸다. 행인 속에 섞여들어 빠르게 낙영루로 달려간 그는 낙영루 옆 골목으로 들어섰다가 소리없이 담을 넘었다.

낙영루를 지키는 열다섯 명의 호위무사들이 어느 장소에 있는지 훤히 알고 있는 낙화귀였지만, 지금 호위무사들의 모습은 어디에서도 찾을 수가 없었다.

무슨 일이 벌어졌을지 이리저리 가능성을 점쳐 봤지만 딱히 이렇다 할 것이 생각나지 않았다.

뒷문이 있었지만 낙화귀는 건물 안으로 들어가지 않고 훌쩍 가볍게 몸을 솟구쳐 자신의 거처인 사층 창 옆 벽에 박쥐처럼 달라붙었다.

'헉!'

호흡을 멈추고 살며시 고개를 내밀어 한쪽 눈으로만 창을 통해 실내를 들여다보던 그는 너무 놀라서 하마터면 공력이 흩어져 벽에서 떨어질 뻔했다.

'저 여자가 어떻게……'

실내에는 한 여자가 혼자 서 있었는데, 지하 석실에 갇혀 있어야 할 정미가 틀림없었다.

그녀는 대로 쪽 앞창 옆에 비스듬히 서서 고개만 내민 채 대로를 굽어보고 있었기 때문에 뒤쪽 창에서 보고 있는 낙화귀를 발견하지 못했다.

낙화귀는 정미가 자신이 돌아오기를 기다리고 있다는 사

실을 직감했다.

길게 생각할 것도, 여유도 없었다. 또한 그녀가 어떻게 해서 제압에서 풀려났는지 궁금해하는 것은 나중에 해도 늦지 않을 터이다.

지금은 분초를 다투는 위급 상황이다. 상대는 살수. 언제 낙화귀의 기척을 감지할는지 알 수 없다.

지금으로서는 그저 한시바삐 이곳에서 사라지는 것이 목숨을 보존할 수 있는 최선이었다.

낙화귀는 해적으로서는 드물게 일 갑자 육십 년 공력을 지녔으며, 지난 삼 년 동안 태무에게 검법을 가르침받아 불철주야 수련한 결과 여느 일류고수와 맞상대해도 꿀리지 않을 실력을 쌓게 되었다.

하지만 상대는 살수다. 그는 얼마 전에 설영의 신출귀몰한 놀라운 실력을 직접 견식하지 않았었는가. 정미의 실력이 설영의 절반 밖에 안 된다고 해도 낙화귀는 상대가 되지 않을 것이다.

열다섯 명의 호위무사들이 보이지 않는 이유는 정미가 그들을 모두 죽였거나 제압했기 때문이 틀림없었다.

그리고 그녀는 낙화귀가 설영을 제압했고, 또 낙성검가에 넘긴 사실을 이제는 알게 됐을 것이다.

낙화귀는 입술이 바짝 탔다.

평소에는 까맣게 모르던 자기 자신의 성격도 위급 상황에서는 자연히 드러나는 법이다.

태무를 위해서라면 목숨이라도 초개처럼 버릴 수 있다고 여겼던 그가 제 목숨이 아까워 설영을 팔아넘겼다.

그렇게까지 구차하게 연명한 목숨을 이제 와서 정미에게 바칠 수는 없는 일.

그는 행여나 가느다란 숨소리라도 새어 나갈까 극도로 조심하면서 지상으로 내려섰다가 바람처럼 담을 넘어 골목 어귀로 나섰다.

어디로 가야 할는지 막막했다.

한번 나온 낙성검가에 다시 들어가는 일은 그리 쉽지 않을 터이다.

아니, 들어갈 수 있다고 해도 이제 와서 장도명에게 가고 싶지는 않았다.

태무가 어디에서 무엇을 하고 있는지에 대해서는 잘 알고 있지만, 그에게도 갈 수가 없었다.

낙화귀는 졸지에 자신이 줄 끊어진 연 신세가 된 것 같아 처량하기 짝이 없었다.

하지만 이런 곳에서 얼쩡거리다가 한껏 독이 오른 정미의 눈에라도 띄는 날에는, 배신까지 하면서 연명한 이 한 목숨을 보장할 수가 없을 터.

이곳에서 어물거릴 여유가 없었다. 어디든 가야만 했다.

그는 한차례 긴 심호흡을 한 후에 정미가 있는 낙영루 사층을 힐끗 쳐다보고는 재빨리 대로의 행인들 속으로 숨어들어 뒤도 돌아보지 않고 멀어져 갔다.

第四十四章

세 가지 조건

검풍루주 한효령은 바쁘기 짝이 없는 일과 중에도 하루에 두세 번은 짬을 내어 반드시 신봉각 은자랑의 거처에 들르는 것을 잊지 않았다.

설영에 대한 소식을 듣기 위해서이지만, 언제나처럼 새로운 소식은 없었다.

은리는 두 달이 지나도록 설영이 자신에게 찾아오지도 연락을 해오지도 않자 이상하게 생각하여 급기야 은자랑에게 물었고, 은자랑은 어차피 알 게 될 것이라며 어렵사리 사실을 털어놓았다.

크게 놀라고 또 상심한 은리는 그날부터 은자랑의 거처에서 거의 살다시피 했다.

신봉각이나 검풍루는 겉으로 보기에는 아무 일도 없는 것 같았지만, 내부적으로는 깊은 시름에 잠겨 있었다.

일개 검풍살수인 설영 한 사람이 끼치는 영향이라고는 생각하기 어려울 정도의 침잠이었다.

설영이라는 존재는 있을 때보다 없을 때의 빈자리가 훨씬 더 크게 보였다.

한효령이 오전에 이어서 늦은 오후에 은자랑의 거처에 들렀을 때 그녀는 한 통의 서찰을 읽고 있었다.

아니, 은자랑은 그 서찰을 이미 수십 번도 더 읽어서 거의 외울 정도였다.

서찰은 비합전서에 의해 반 시진 전에 도착했다. 서찰을 지니고 온 발고(勃姑:비둘기)는 만 오천여 리나 멀리 떨어진 경붕현에서 날아왔다.

바로 봉황단 휘하인 백봉령루의 만화루주 보화가 보낸 것이었다.

보화는 얼마 전에 설무검을 만났을 때 그에 대해서 은자랑에게 보고하겠다고 의향을 떠보았었고, 그는 그렇게 하라고 선선히 허락했었다.

검신 설무검이 출도하여 낙양에 입성했습니다. 아마 동방객
잔에 묵고 있을 것으로 사료됩니다.

만 오천여 리나 떨어진 먼 곳에서 보내온 서찰의 내용치고
는 너무도 간략했다.

하지만 은자랑에게 있어서 그것이 담고 있는 의미는 창해(蒼
海)보다 더 컸다.

은자랑의 눈길은 서찰에 고정되어 있었지만 깊은 생각에
잠겨 있느라 한효령이 들어서는 것조차 깨닫지 못했다.

한효령은 감히 은자랑을 방해하지 못하고 한쪽 의자에 앉
아 있는 은리에게 시선을 주었다.

은리 역시 한효령이 들어온 것을 모른 채 창밖을 망연히 바
라보고 있었다.

그녀의 얼굴에는 그리움이 가득해서 금방이라도 눈물을
쏟아낼 것처럼 보였다.

설영이 걱정되고 그립기로 치자면 한효령이 그녀들보다
더 할 터이다.

한효령은 다시 시선을 은자랑에게 던졌다. 이어서 그녀의
표정에서 서찰의 내용을 알아내기라도 하려는 듯 유심히 그
녀의 얼굴을 살폈다.

한효령은 지금 은자랑이 읽고 있는 서찰에 설영에 대한 보고가 적혀 있을 것이라고 속단했다. 지금 한효령의 머리는 설영에 대한 생각으로 가득 차 있으므로, 모든 것을 설영과 결부시키기를 서슴지 않았다.

그때 은자랑이 무언가 결심한 듯 단호한 표정을 지으면서 서찰을 품속에 갈무리하더니 방문 쪽으로 몸을 돌리다가 그제야 한효령을 발견했다.

"루주."

"영아에 대한 소식입니까?"

얼마나 마음이 급한지 한효령은 은자랑에 대해서 예의를 갖추는 것조차 잊고 불쑥 그렇게 물었다.

"아니에요."

은자랑은 고개를 가로저었다. 그녀 역시 한효령이 예의를 갖추지 않는 것에 신경조차 쓰지 않았다.

이어서 밖을 향해 명령했다.

"먼 길을 떠날 것이다. 극비리에 암행(暗行)을 할 터이니 준비하라."

현재 그녀에겐 중요한 일들이 산적해 있었고, 그것들은 그녀가 직접 처리해야만 했다.

그녀가 자리를 비울 경우에 봉황단이라는 거대한 수레의 속도가 현저히 떨어지거나, 심할 경우에는 그대로 멈춰 버릴 수도 있었다. 그렇게 되면 봉황단이 속해 있는 사령단 전체에 지장을 초래할 수도 있는 것이다.

그런데도 불구하고 그녀는 신봉각을 잠시 비우기로 결정을 내렸다.

아니, 잠시가 될는지 얼마나 걸릴지 지금으로서는 예상할 수가 없었다.

그러나 낙양에는 설무검이 있고, 생사를 알 수 없는 설영도 있었다.

그녀의 생애에서 설무검보다 더 중요한 일은 과거에도 없었으며, 죽는 날까지도 없을 것이다.

그리고 설영은 또 다른 의미에서 설무검만큼 중요한 존재였다. 그녀에게도, 그녀의 동생 은리에게도.

"언니, 어디로 가는 거죠?"

이제 십팔 세가 되어 눈부시게 아름다운 은리가 발딱 일어나 은자랑에게 급히 다가가며 물었다.

"낙양에 간단다. 곧 돌아올 테니 염려하지 말고 기다리고 있어라."

"저도 따라가겠어요."

은리는 생각할 것도 없다는 듯 약간 높은 어조로 말했다. 그녀의 표정은 단호했다.

설영에 대해서 자세한 것은 모르지만, 그가 낙양에 있다는

사실은 알고 있는 그녀다. 그러므로 이런 기회 앞에서 망설일
이유가 없었다.

"그건 안 된다. 나는 한가하게 여행이나 하러 가는 것이 아
니란다."

"소매도 한가하지 않아요."

"리아."

은리는 물러서면 죽기라도 할 것 같은 표정이었다.

"언니."

언제나 들릴 듯 말 듯 조용조용하던 그녀의 음성이 지금은
한마디 한마디가 또렷했고 냉정했다.

"영 언니가 없으면 소매는 살아도 살아 있는 것이 아니에
요. 만약 영 언니가 돌아오지 못한다면……."

그녀는 그런 상상을 하는 것만으로도 부르르 몸서리를 쳤
으며, 크고 아름다운 눈에는 눈물이 가득 고였다.

은자랑은 은리를 보며 적잖이 놀랐다. 만약 설영이 남자라
는 사실을 은리가 알고 있다면, 그녀는 설영을 사랑하고 있는
것이 분명하다고 여긴 것이다.

만약 모르고 있는 것이라면 그 사실을 알려줄 시기로는 지
금이 적기였다.

"리아, 너는 혹시 영아가 남자라는 사실을 알고 있는 것이
니?"

전혀 뜻밖의 물음이었다.

한효령은 깜짝 놀라서 은자랑과 은리를 번갈아 쳐다보았다.

하지만 은자랑으로서는 묻지 않을 수가 없었다. 반드시 짚고 넘어가야 할 일이었다.

그런데 뜻밖에도 은리는 조금도 놀라지 않았으며 오히려 또렷이 대답했다.

"알고 있었어요."

"너는……."

문득 은자랑은 은리가 처음 설영을 만났을 때부터 그 사실을 알고 있었을 것이라고 짐작했다. 그녀는 내친김에 한 가지 중요한 사실을 묻기로 했다. 그전에 그녀는 잠시 호흡을 골랐다.

"영아를 사랑하느냐?"

그러나 은리는 바로 대답하지 않고 복잡한 표정으로 곰곰이 생각에 잠겼다가 조심스럽게 입을 열었다.

"소매는 평소에 그를 생각하기만 해도 가슴이 두근거려요. 그리고 소매가 이 세상에 태어난 이유는 오직 그를 만나기 위해서였다고 확신해요."

은자랑과 한효령은 적이 놀란 얼굴로 은리를 바라보았다. 설마 그녀가 이렇게까지 말할 줄은 몰랐었다는 표정이 두 여자의 얼굴에 가득 떠올랐다.

반면에 설영에 대해서 이야기하는 은리의 얼굴에는 행복과 기쁨에 겨운 표정이 넘실거렸다.

"소매는 그와 함께 있을 때가 가장 행복해요. 무엇이라고 표현할 수 없을 만큼 행복해요. 둘이 아무 말도 하지 않아도, 그저 바라만 보고 있어도 너무 행복해서 눈물이 날 정도예요. 그러다가 그가 따스한 눈빛으로 소매를 바라보기라도 하면… 아! 그 순간 소매는 숨이 멎어버릴 것만 같아요."

은리는 두 손을 가슴에 얹고 숨이 가쁜 듯 명징한 목소리로 말을 이었다.

"소매와 그는 하나라고 생각해요. 아니, 하나예요. 그를 만난 이후 우리가 둘이라고, 남남이라고 생각해 본 적은 한 번도 없었어요. 그리고……"

그녀의 얼굴에 슬픔이 새벽안개처럼 자욱하게 깔렸다.

"그가 없으면 소매도 없어요. 그가 죽었다면 소매도 죽을 거예요. 그가 있어서 이승이 행복했었기에, 소매가 그를 따라 죽은 후 저승에서 함께 있으면 다시 행복해지겠죠."

은자랑과 한효령은 너무 놀라서 무슨 말을 어떻게 해야 할지를 몰랐다.

은자랑은 자신이 설무검을 깊이 사랑하고 있지만 이 정도는 아니라고 생각했다. 은리의 말과 표정과 마음은 너무도 숭

고해서 숙연한 마음마저 들었다.

은리는 고요한 얼굴로 은자랑을 바라보았다.

"소매는 사랑이 무엇인지 몰라요. 하지만 방금 소매가 말한 것들이 사랑하는 사람의 마음이라면… 그래요, 소매는 그를 사랑하고 있는 것이 분명해요. 소매의 숨이 끊어지기 직전의 마지막 숨결만 갖고도 그를 사랑하고 싶으니까요. 소매가 세상에 태어나서 가장 잘한 일이 있다면 그를 만났다는 사실이고, 한 가지 꼭 해야 할 일이 있다면, 그것은 그의 여자가 되는 일이에요."

은자랑은 왈칵 슬픔이 솟구쳤다. 만약 설영이 이미 죽었다면, 필경 은리도 살지 못하리라.

이것은 은리에게 그를 사랑해서는 안 된다든가, 정말 잘한 일이구나 하고 가타부타할 일이 아니었다.

설영은 살아 있어야만 했다. 그 자신을 위해서, 그리고 그를 사랑하는 은리와 은자랑과 한효령을 위해서라도.

은리는 입술을 오므리고 다부지게 못을 박았다.

"아직도 저를 떼어놓고 갈 수 있다고 생각하세요?"

은자랑은 고개를 살래살래 가로저었다.

"아니다. 언니가 잘못했다. 리아, 너도 함께 가자꾸나."

은리의 행동에 한효령도 용기가 생긴 것일까?

"속하도 가겠습니다."

한효령은 벼랑 끝에 서 있는 사람의 표정을 지으며 단호한 어조로 말했다.

"루주, 당신까지……."

은자랑은 어이없다는 얼굴로 한효령을 쳐다보았다.

"속하도 이소저와 똑같은 심정입니다. 부디 해량해 주십시오, 단주."

은리는 의아한 표정으로 한효령을 바라보았다.

한효령은 은리를 일깨워 주었다.

"이소저, 저는 영아의 양어머니입니다."

"아!"

은리는 격동 어린 표정을 지으며 가녀린 몸을 후드득 떨더니 갑자기 한효령의 품에 안겨 오열을 터뜨렸다.

"흑흑! 어머니……."

한효령은 검풍루주가 아닌 설영의 어미가 되어 은리를 꼭 안은 채 눈시울을 붉혔다.

*　　　*　　　*

낙성절정검 단해룡은 유시가 되기 전에 마침내 오랜 출타에서 돌아왔다.

총관 풍우검(風羽劍) 함붕(咸鵬)은 즉시 단해룡에게 장도명의 방문 사실을 보고했다.

그러나 단해룡은 곧장 장도명을 부르지 않았을 뿐만 아니라 느긋하게 저녁 식사를 한 후 그리 중요하지도 않은 보고서 따위를 뒤적이느라 한 시진을 소일했다.

그런 연후에도 차를 마신다, 난초에 물을 준다, 반 시진을 더 보낸 다음에야 총관을 불렀다.

"그자는 아직도 있소?"

"있습니다."

단해룡은 가볍게 눈살을 찌푸렸다. 해적단의 두령이라고 해서 쓸모없는 소인배 정도로만 여겼더니 제법 끈기가 있는 위인인 것 같았다.

단해룡은 총관 풍우검에게 보고를 받고 '내가 귀가했으니 조금 더 기다리라고 하시오. 만약 그자가 더 기다리지 못하고 떠나면 죽이되, 금호방주를 죽였다는 살수는 데리고 오시오' 라고 지시했었다.

자신이 귀가한 사실을 알린 이유는 장도명으로 하여금 단해룡이 일부러 더 기다리게 한다는 사실을 알게 해서 인내에 한계를 느끼고 뛰쳐나가게 만들려는 의도였었다.

물론 단해룡은 금호방주를 죽인 살수를 끌고 왔다는 뜻밖의 보고를 받고 속으로는 뛸 듯이 기뻤다.

그러나 그 살수를 끌고 온 자가 해적단의 두령이라는 사실이 영 마뜩찮았다.

그자는 필경 거래를 하려고 들 것이다. 물론 무슨 거래일지는 알 수가 없다.

그렇지만 단해룡은 머지않아 중천의 절대자가 될 자신이 그따위 쓰레기와 마주 앉아서 거래를 해야 한다는 사실을 생각하는 것만으로도 구토가 치밀 정도였다.

또한 이런 사실이 외부에 알려져서 좋을 것이 없다. 빙결 같은 그의 명성에 흠만 갈 뿐이다.

하지만 해적단 두령을 이대로 무작정 기다리게 할 수는 없는 노릇이었다.

그렇다고 명문대파의 수장인 단해룡은 자신을 만나겠다고 제 발로 찾아온 자를 죽이는 짓 따윈 절대 하지 못한다. 정의로움과 협의도가 골수에까지 물들어 있는 그였다. 물론 일그러진 정의로움과 협의도지만.

금호방주를 죽인 살수가 그의 손에 들어온다면 현재의 몇 가지 좋지 않은 상황들을 단숨에 타개할 수가 있었다.

단해룡은 지금은 일단 그것만 생각하기로 하고 장도명을 들이라 명령했다.

기다리는 동안 그는 살수를 어떻게 이용할 것인가에 대해서 궁리하기 시작했다.

해적단 두령이 무슨 거래 조건을 제시할 것인지는 염두에도 두지 않았다.

그래 봐야 돈푼이나 뜯어 가겠지.

낙성검가와 해적단 사이에는 다른 조건을 제시할 만한 연관이 없었다.

물론 살수가 속해 있는 살수 조직이 어디며, 누구의 청부를 받았는지는 우선적으로 알아내야 할 사항이다.

일개인이 살수 조직을 캐는 것에는 무리가 따르지만, 낙성검가 정도 되는 명문대파라면 얘기가 달라진다. 모르긴 해도 낙성검가라는 명성만으로도 살수 조직은 바로 꼬리를 내릴 것이다.

그러나 애를 먹이더라도 상관이 없었다. 단해룡은 낙성검가가 힘을 기울이면 그깟 배후를 캐는 것쯤은 손바닥을 뒤집는 것보다 쉬울 것이라 낙관했다.

근본적으로 단해룡은 정파, 그것도 내로라는 방, 문파를 제외한 대부분의 방, 문파나 인물들을 아주 시답잖게 여긴다. 좀 심하게 표현하면 인간 이하로 보는 것이다.

척!

그때 방문이 열리고 총관에 이어서 장도명이 실내로 들어서자 단해룡은 생각을 멈추었다.

장도명은 왼쪽 어깨에 설영을 걸머지고 있었다. 원래 무기를 지니고 있었을 텐데 지금은 갖고 있지 않았다.

아마도 낙성검가에 대한 예의를 갖춘답시고 해검(解劍)을 한 모양이었다.

자신이 농락한 사실 때문에 장도명이 몹시 분노하고 있을 것이라는 단해룡의 짐작은 빗나갔다.

장도명은 노기는커녕 담담한 표정이었다. 아니, 입가에 온화한 미소까지 머금고 있었다. 그가 술을 꽤 마셨다는 말을 총관에게 들었는데도 취기는 전혀 없었다.

그제야 단해룡은 장도명이 평범한 자가 아닐지도 모른다는 생각이 들었다. 하긴, 살수를 데리고 혈혈단신 낙성검가에 들어왔다는 사실 하나만으로도 이미 그는 평범하지 않았다.

어이없게도 단해룡은 그 사실을 지금에야 깨달았다.

"앉으시오."

장도명이 들어오면 자리에 앉히지도 않을 것이라 생각했던 단해룡은 생각을 바꾸었다. 그런 어줍지 않은 짓으로는 눈도 까딱하지 않을 장도명이라고 여긴 것이다.

두 사람은 탁자에 마주 앉았다. 태사의가 있었지만 단해룡은 탁자의 양쪽에 장도명과 같은 의자에서 독대를 했다.

평등한 입장에서 대화를 하자는 뜻이었고, 그것을 알아차린 장도명은 기분이 고무되었다.

단해룡은 장도명이 메고 있는 설영을 쳐다보았다.

쿵!

그러자 장도명이 설영을 탁자에 내린 후 반듯한 자세로 눕혀놓았다.

설영을 쳐다보던 단해룡의 짙은 눈썹이 꿈틀 꺾였다.

안구 속으로 파고드는 지독한 아름다움.

단해룡은 삼십오 세가 된 오늘날까지 이처럼 아름다운 사람을 본 적이 없었다.

그러나 아름다움으로는 단해룡을 흔들어놓지 못한다. 그가 더 놀란 이유는 금호방주를 죽인 살수가 너무 어린 데다 여자라는 사실 때문이었다.

"정말 이 아이가 금호방주를 죽였소?"

그래서 당해룡은 그렇게 묻고 말았다. 또한 살수를 '아이'라고 칭했다. 그가 보기에는 영락없는 아이였다.

"그렇습니다."

장도명은 자신보다 십여 세나 적은 단해룡에게 깍듯하게 굴었다.

단해룡은 굳이 장도명의 말이 아니더라도 믿을 수밖에 없었다. 거래를 하자고 단신으로 찾아온 자가 농간을 부릴 리 만무했다.

설영은 혼혈이 제압된 상태라서 깊은 잠에 빠져 있었다. 그는 원래 입고 있던 중년 서생의 복장을 하고 있었지만, 단해룡은 그가 변장 때문에 그런 옷을 입었을 것이라 여길 뿐 남자라는 생각은 추호도 하지 않았다.

문득 설영을 주시하던 단해룡의 눈이 약간 커졌다. 약간 낯이 익은 얼굴이었다.

그러나 잠시 생각해 봤지만 누군지 기억나지 않았다. 그래서 설영이 너무 아름답기 때문에 낯이 익은 것처럼 느껴질 수도 있다고 나름대로 짐작했다.

"내게 넘기겠소?"

단해룡은 설영의 얼굴에서 시선을 떼지 않은 상태에서 조용히 물었다.

"그러지요."

"무얼 원하시오?"

"두 가지를 원합니다."

장도명은 공손히 머리를 조아렸다. 마치 수하가 윗사람을 대하는 듯한 태도였다.

"말해보시오."

단해룡은 가볍게 고개를 끄덕였다.

장도명은 조금 더 고개를 숙였다. 지금 이 상황에서 자신을 더 낮추는 것은, 지금 말하려는 거래 조건이 결코 만만하지 않다는 것의 반증이었다.

"첫째, 본파를 인정해 주십시오."

단해룡은 약간 어이없다는 표정을 지었다.

“혈월단을 말인가?”

예전에 태무가 찾아왔을 때 총관은 그를 개 몰듯이 내쫓았으며, 단해룡에게 보고조차 하지 않았었다. 만약 보고를 했다면 단해룡은 불쾌하게 여겼을 것이다.

하지만 이번에는 보고하지 않을 수가 없었다. 혈월단주가 직접 와서가 아니라 그가 데리고 온 살수 때문이었다.

단해룡은 상대가 있을 때 여간해서는 감정을 겉으로 드러내지 않는다.

그러나 단해룡 뒤에 서 있는 총관 풍우검 함붕은 달랐다. 그는 눈살을 찌푸리며 막 장도명을 꾸짖으려 하는데 장도명이 먼저 공손히 말했다.

“어느 안전이라고 감히 해적단을 인정해 달라는 청을 드리겠습니까?”

장도명은 혈월단의 두령 노릇을 하면서도 주경야독, 아니, 주투야독(晝鬪夜讀)에 힘써 지금은 웬만한 서생 뺨칠 수준의 학문을 지니고 있었다. 그러니 그의 예절이나 언행은 나무랄 데가 없었다.

“가주께서는 혹시 잠룡문(潛龍門)이라는 문파를 들어보셨습니까?”

“잠룡문이라고 했소?”

“그렇습니다.”

단해룡이 잠룡문을 들어보지 못했을 리가 없다. 잠룡문은 하남과 안휘의 경계 지역인 회하(淮河) 변에 있는 문파로서, 개파한 지 오백여 년이 넘는 명문정파였다.

비록 소문파지만 무림에서 알 만한 사람들은 다 아는 뼈대 있고 정의로운 문파였다.

"물론이오. 잠룡문을 모를 리가 있겠소?"

"저는 잠룡문의 십구대 문주입니다."

"……."

준수한 단해룡의 얼굴에 적잖은 놀라움이 떠올랐다.

풍우검 함붕은 입까지 벌리며 놀라고 있었다.

장도명의 공손한 말이 이어졌다.

"외람된 말씀이오나, 본문을 중천무림에 속한 문파로 인정해 주십시오."

단해룡의 얼굴이 굳어졌다.

"잠룡문을 어떻게 한 것인가?"

그의 기세로 봐선 여차하면 장도명을 한주먹에 죽이기라도 할 것 같았다.

그러나 장도명은 조금도 개의치 않았다.

아니, 그는 여전히 고개를 숙이고 있어서 단해룡의 표정을 보지 못한 듯했다.

"십팔대 문주이신 잠룡선우(潛龍仙羽)께서 물러나시면서

저를 십구대 문주로 임명하셨습니다."

지금 당장이라도 명령만 내리면 사실 여부를 알아볼 수 있
는 일이었다. 그것을 장도명이 모를 리 없었다.

믿을 수 없는 일이지만, 믿을 수밖에 없는 일이었다. 더구
나 돌아가는 상황으로 봐서는 장도명이 거짓말을 할 하등의
이유가 없었다.

장도명은 비단 영리할 뿐만 아니라 배포도 있었다. 그는 험
한 세상을 교묘히 헤쳐 나가는 몇 가지 탁월한 처세술을 또
다른 무기로 지니고 있었다.

그는 첫 번째 조건에 대한 답을 듣기도 전에 두 번째 조건
마저 꺼내놓았다.

"장차 남천무림의 통치권을 저에게 주십시오."

"……."

단해룡은 장도명이 꺼낸 첫 번째 조건에 이어 이번에도 말
을 하지 못했다.

아니, 이번 것은 첫 번째 조건하고는 비교조차 할 수 없는
무지막지한 조건이며 무게를 담고 있었다.

남천무림의 통치권을 달라니…….

그게 무슨 열흘 삶은 호박에 이도 들어가지 않을 소리라는
말인가?

함붕은 이제야말로 분을 참지 못했다. 그는 당장 장도명의

멱살을 잡아 내동댕이치려고 손을 뻗으며 노기 어린 외침을
토해냈다.

"네 이놈! 이제 보니 정녕 미친놈이 분명하구나! 당장 꺼지
지 않으면……."

"귀하는 맹목적으로 그런 조건들을 제시한 것이 아닌 듯한
데, 무슨 생각을 한 것이오?"

단해룡이 장도명에게 불쑥 묻는 바람에 함붕은 급히 말을
멈추며 손을 거두어들였다.

함붕은 단해룡의 표정이 그 어느 때보다 진지한 것을 발견
하고 적잖이 놀랐다.

그가 알고 있는 단해룡은 매사에 추호도 빈틈이나 허술함
이 없는 백무일실(百無一失)한 인물이었다.

해적단 두령의 허무맹랑한 몇 마디 말 따위에 현혹될 인물
이 아닌 것이다.

이윽고 장도명은 조심스럽게 고개를 들어 단해룡을 바라
보며 말문을 열었다.

"저는 장차 가주께서 삼천무림 전체를 일통하실 것이라 믿
고 있습니다."

단해룡은 입을 굳게 다문 채 지그시 장도명을 주시했다.

장도명은 단해룡의 날카로운 시선을 정면으로 받으면서도
흔들림없이 말을 이었다.

"가주께선 머지않아 중천무림의 절대자가 되실 것입니다. 그렇지 않으십니까?"

겸손도 예의다. 만약 다른 자리에서 아는 사람들이 이렇게 물었다면 필경 단해룡은 손을 저으면서 한두 번 사양하는 예의를 보였을 것이다. 그러나 그는 지금 침묵으로 장도명의 말을 인정했다.

장도명은 자신이 얼마나 엄청난 말을 토해내고 있는지 전혀 모르는 사람처럼 잔잔한 어조로 말을 이었다.

"이후 가주께선 삼천무림을 일통하시어 천주(天主)가 되실 것입니다. 설마 그런 야망이 없으십니까?"

함붕은 소스라치게 놀라 세 사람 외에는 아무도 없는 방인 줄 뻔히 알고 있으면서도 누가 들었을까 봐 황급히 실내를 두리번거렸다.

단해룡은 눈을 부릅떴다.

삼천무림의 일통.

너무도 가슴이 벅차서 주체하기 힘들 정도였다.

삼천무림을 일통한다. 장도명의 그 말이 철면(鐵面)이라고 불릴 정도로 표정의 변화가 없는 단해룡의 얼굴에 희열과 흥분이 파도처럼 넘실거리게 만든 것이다.

물론 단해룡에게는 중천과 북천, 남천을 일통하여 그 위에 군림하고 싶은 야망이 분명히 있다.

그것은 비단 단해룡뿐 아니라 북천의 절대자나 남천의 절대자도 마찬가지일 것이다. 아니, 삼천무림의 절대자 주위의 측근들 중에도 그런 야심을 품고 있는 자들이 더러 있을 터이다.

그들은 언제든 기회만 주어지면 자신이 절대자에 오를 만반의 준비가 갖추어진 상태였다.

삼천무림의 일통. 그것은 말만 들어도, 생각만 해도 피가 역류하는 지상 최대 최고의 목표인 것이다.

더구나 장도명은 ‘천주’ 라는 호칭을 썼다.

옛날 조(趙)나라의 왕자 영정(嬴政)은 역사상 최초로 대륙을 통일하여 진(秦)나라를 세운 후 스스로 시황제(始皇帝)라고 칭했었다.

그는 ‘황제’ 라는 칭호를 최초로 사용한 왕이었다. 당시에는 ‘황제’ 란 ‘신(神)’ 과 동일한 위치였다. 진시황제는 스스로를 신의 반열에 올려놓은 것이었다.

‘천주’ 라는 호칭은 이 땅 위에서 오직 세 명만이 사용하고 있었다.

바로 삼천무림의 절대자 세 명이다.

그것은 바로 ‘하늘의 주인’ , 즉 ‘신들의 왕’ 을 일컫는 이름이었으니 ‘황제’ 따위와는 비교조차 할 수 없을 정도다.

그런 엄청난 호칭을 장도명이 단해룡에게 사용한 것이다.

그것은 장도명이 단해룡을 이미 중천무림의 절대자로 인정한다는 뜻이 아니고 무엇이겠는가.

삼천무림의 일통이라는 야망은 오직 단해룡의 가슴속 깊은 곳에 오랜 세월 동안 감추어진 채 한 번도 겉으로 드러낸 적이 없었다.

여북하면 그의 최측근인 풍우검 함붕에게조차도 그런 내색을 하지 않았다.

그저 가슴속 저 밑바닥에 꾹꾹 눌러둔 채 혼자 있을 때에만 조심스럽게 꺼내 비밀스럽게 계획하고 탐닉하며 작은 전율과 흥분을 맛보았을 뿐이다.

그것을 장도명이 건드린 것이다. 아니, 뒤집고 까발려서 속을 드러내 보였다.

"이런 발칙한 놈!"

함붕은 마침내 분노를 터뜨렸다. 그는 단해룡의 얼굴에 떠오른 것을 분노라고 판단했다. 그가 아는 한 자신이 모시고 있는 가주 단해룡에겐 그따위 허무맹랑한 야심 같은 것은 없었다.

후욱!

그 순간 팔십 년 공력이 잔뜩 실린 함붕의 주먹이 장도명의 머리를 향해 무지막지하게, 그러나 무엇보다 빠른 속도로 쏘아갔다.

그렇지만 장도명은 아예 보지도 못한 듯 꿈쩍도 하지 않은 채 여전히 공손한 표정과 비굴하지도 간사하지도 않은 적당한 미소를 입가에 떠올린 채 단해룡을 응시하고 있었다.

그것은 바로 믿음이었다. 단해룡에 대한, 그가 있는 자리에서 자신이 봉변을 당할 리 없다는 확고한 믿음을 보여주는 표정이었다.

최소한 단해룡은 장도명을 보며 그렇게 판단했다.

하지만 그것은 믿음이 아니라 치가 떨릴 만큼 정확하게 계산된 장도명의 간계(奸計)였다. 그는 자신의 두뇌를 믿었다. 그렇기에 거기에 목숨을 걸 수도 있었다.

"그만."

단해룡이 나직이 중얼거렸다.

순간 거짓말처럼 함붕의 주먹이 장도명의 옆머리 두 치 거리에서 우뚝 멈추었다.

함붕이 즉시 공손하게 물러나자 단해룡은 잠시 침묵하며 장도명을 응시했다.

생각 따위를 하는 것이 아니다. 생각은 이미 끝났다. 지금처럼 뜸을 들이는 것은 원래 권좌에 있는 자들의 공통된 습관이다.

장도명은 언제든 고개를 숙일 자세를 취하고 있었다.

"귀하의 첫 번째 조건은 수락하겠소."

단해룡의 목소리가 처음에 비해서 많이 부드러워졌다는 사실을 장도명은 알아차렸다.

그렇지만 단해룡은 장도명의 두 번째 조건에 대해서는 언급하지 않았다.

그리고 약속이나 한 것처럼 장도명 역시 삼천무림의 일통이나 천주니 하는 말을 입에 담지 않았다. 운을 뗀 것만으로도 충분하다는 뜻이었다.

그러나 무언중에 두 번째 조건에 대한 거래는 이미 성립이 되었다. 그것은 단해룡과 장도명처럼 비범한 사람만이 알 뿐이었다.

"그리고……."

단해룡은 말을 끌었다.

"귀하는 당분간 내 곁에 머물도록 하시오."

그에게는 사실 이런 인물이 필요했다. 그의 주변에 있는 인물들은 하나같이 충성스럽지만 영리하지 못하다. 아니, 교활하지 못하다.

정의로운 인물이 이룰 수 있는 것은 평화나 무림의 안녕 따위에 불과하다. 쟁패는, 그리고 일통은 결코 정의 같은 것으로는 이루어질 수 없는 과업이다.

단해룡은 십여 년 전, 목숨을 바쳐도 아깝지 않을 만큼 사랑했던 여자를 약육강식의 법칙에 밀려서 뺏긴 이후 중대한 결심을 했다.

천하에서 가장 강한 인물이 되겠다는 것.

그래서 뺏긴 여자를 되찾고, 다시는 자신의 여자를 뺏기지 않겠다는 것이다.

시작은 그랬으나 세월이 흐르면서 결심이 꿈이 되고, 꿈이 야망으로 커진 이후 그는 그 야망에 도취됐다.

그래서 이제는 최고로 강한 힘을 가지려는 이유의 일 할이 여자 때문이고, 구 할이 삼천무림을 제패하기 위해서가 되고 말았다.

단해룡은 지금 자신의 실력을 철저하게 감추고 있다. 그것은 아무도 모른다. 언젠가는 자신의 진실한 힘이 필요할 때가 올 것이다. 바로 그때 사용하게 될 것이다.

하지만 삼천무림의 일통이라는 어마어마한 계획은 실력이나 힘만으로 되는 것이 아니다.

단해룡에게는 지금 장도명 같은 인물이 너무도 절실하게 필요했다. 단해룡 자신의 야망을 간파하고서도 은연자중 내색하지 않고 묵묵히 따르며 적절한 조언을 해주고, 때에 따라서는 수단과 방법을 가리지 않고 맡은 임무를 해결해 주는 승냥이 같은 인물이.

"가주……."

함붕이 적이 놀라 입을 열었으나 단해룡의 표정이 단호한 것을 발견하고는 다음 말을 잇지 못했다.

단해룡은 장도명을 똑바로 쳐다보며 결론을 내렸다.

"잠룡문주, 지금 이 시간부터 당신을 본가의 책사(策士)로 임명하겠소."

책사란 일문의 두뇌다.

장도명은 즉시 일어났다가 단해룡을 향해 바닥에 엎드려 큰절을 올렸다.

"속하 장도명, 가주의 명을 받듭니다."

원래 장도명은 세 개의 조건을 갖고 왔다. 그리고 그는 방금 세 번째 조건을 달성했다. 그것은 낙성검가주 단해룡의 측근이 되는 것이었다.

"총관, 살수를 본가의 점혈수법으로 제압한 후 감금하시오. 내일 날이 밝으면 심문하겠소."

함붕은 즉시 설영의 혈도를 푸는 것과 동시에 낙성검가만의 특수한 점혈수법으로 다시 제압한 후 그를 어깨에 메고 방을 나갔다.

"장 책사는 나와 술이나 한잔합시다."

단해룡이 몸을 일으키자 장도명은 즉시 뒤따랐다.

장도명은 거짓말을 하지 않았다. 그는 이 년 전에 정말 잠룡문주가 되었다. 그가 낙성검가에 접근한 것은 즉흥적이 아니라 오랜 시간 동안 계획된 결과였다.

그 계획의 시작은 번듯한 일문의 수장이 되는 것이었으며, 잠룡문이 그의 사냥감이 된 것이다.

지금은 죽고 없는 전대 문주 잠룡선우에게는 인근에서도 알아주는 아름답고 착한 무남독녀가 하나 있었다.

그녀의 이름은 하지연(河芝涓).

이 년 전, 하지연은 불공을 드리기 위해서 근처의 절을 찾은 적이 있었다.

그때 법당에는 향이 많이 피워져 있었는데, 사실 그것들은 소량을 흡입하기만 해도 성적으로 크게 흥분하게 되는 음분색향(淫奮色香)이라는 추잡한 향이었다. 또한 음분색향에 중독되면 이성이 마비되고 오직 색정(色情)에만 광분한다. 더구나 솟구치는 색정을 풀지 않으면 온몸의 음기가 폭발하여 죽음에 이르고 만다.

음분색향을 다량 흡입한 하지연은 당연히 불공을 드리던 도중에 쓰러져서 자신의 옷을 찢어 나신을 드러내면서 미친 듯이 몸부림쳤다.

바로 그때 숨어 있던 장도명이 나타났다. 물론 그가 법당에 음분색향을 피워놓았었다.

하지연은 결사적으로 장도명에게 매달렸고, 그는 너무도 간단하게 그녀의 순결을 짓밟았다.

그때부터 계획은 순조롭게 진행됐다. 하지연은 자신의 순결을 가져간 장도명의 여자가 되었다.

그리고 몇 달 후 임신을 한 그녀는 자신의 부친에게 장도명을 소개했으며, 두 사람은 자연스럽게 혼인을 했다.

그 후로는 일사천리였다.

하지연은 자신보다 나이가 이십오 세나 더 많은 장도명을 극진히 섬겼으며 목숨보다 더 사랑하게 되었고, 장도명은 점잖은 데다 학식이 풍부하며 무공도 만만치 않은 근사한 남편으로 행세했다.

어느 날 밤, 장도명은 자신보다 열다섯 살 많은 장인 잠룡선우 하운택(河雲澤)을 찾아가 자신에게 문주 자리를 넘겨주고 물러나라고 은근히 종용했다.

육십이 세의 나이로 아직도 청년 못지않은 하운택은 당연히 일언지하에 거절했다.

그 다음날 아침에 하운택은 자신의 방에서 싸늘한 시체로 발견됐다. 침상에 가부좌로 앉은 자세였는데, 칠공에서 피가 흘러나왔으며 안색이 창백한 모습이 누가 보기에도 영락없는 주화입마였다.

하운택의 다섯 제자가 시체를 면밀히 조사했지만 아무것도 발견하지 못했다. 결국 하운택의 사인은 주화입마로 결론이 났다.

하지만 그는 장도명에게 독살을 당했다. 워낙 감쪽같은 극독을 사용했기에 아무도 눈치를 못 챘던 것이다.

그리고 하운택의 유품을 정리하던 중에 한 통의 유서가 발견됐다. 제자들 여러 명이 확인했지만 틀림없는 하운택의 필체였다.

물론 그것도 장도명이 수하를 시켜서 하운택의 필체를 흉내 낸 것이지만 아무도 알아보지 못했다.

유서에는 하운택 자신에게 변고가 생겼을 경우에 사위가 문주의 위를 계승하라고 명시되어 있었다.

그렇게 장도명은 잠룡문의 사위가 된 지 넉 달 만에 전격적으로 문주가 되었다.

그는 매사에 공명정대하고 너그럽게 행세를 했기에 잠룡문 제자들은 별 불협화음 없이 그를 따라주었다.

第四十五章
육 년 만의 해후

설영을 어깨에 메고 단해룡의 거처를 나온 함붕은 대전을 가로질러서 입구 쪽으로 빠르게 걸어가다가 마침 들어서는 한 소녀를 발견했다.

갈대꽃처럼 눈부신 은의 경장을 입고 있는 십칠팔 세가량의 소녀는 마른 듯 늘씬하면서 풍만한 몸매를 지녔고, 또 몹시 아름다웠는데, 심산 계곡에 흐르는 계류나 푸른 하늘처럼 깨끗하고 맑은 인상이었다.

"소가주님."

함붕은 설영을 메고 있는 터라 제대로 허리를 굽히지 못하고 어정쩡한 자세를 취했다.

낙성검가의 소가주, 즉 단소예는 걸음을 멈추고 의아한 눈길로 설영을 바라보았다.

"죄인인데 가주께서 가두라고 명하셨습니다."

단소예의 시선을 느꼈음인지 함붕은 공손히 설명했다.

함붕은 설영의 얼굴이 자신의 등 뒤쪽으로 가게 메고 있는 자세였고, 단소예는 함붕과 마주 서 있었으므로 설영의 얼굴을 볼 수가 없었다.

단소예는 가문의 대소사에는 별 관심이 없었다. 그녀의 관심사는 단 두 가지뿐. 학문 탐구와 무공 연마였다.

육 년 전 그녀의 하나뿐인 친구 설영이 중천군림성과 함께 잿더미가 되어 사라진 날, 그녀도 함께 죽었다.

그날부터 단소예는 완전히 변했다. 말을 잃었으며, 사람을 만나려고 하지도 않았고, 외출도 거의 하지 않았다.

그렇게 반년을 보내다가 그녀를 보다 못한 단해룡에 의해서 아미파 장문인의 제자로 보내지게 되었다.

그곳에서 단소예는 거의 미친 듯이 무공만 연마하다가 오 년 만에 더 이상 가르칠 것이 없다는 사부에 의해서 다시 낙성검가로 돌아왔다.

그리고 그녀의 무미건조하며 생명력이 없는 듯한 예전의 일상이 다시 시작됐다. 현재 그녀는 낙성검가에 돌아온 지 두어 달쯤 됐다.

"그럼……."

함붕은 다시 어정쩡하게 허리를 굽히는 시늉만 하고는 단소예를 스쳐 지나갔다.

단소예는 걸음을 옮겨 계단으로 향했다. 그녀가 가려는 곳은 낙성검가의 금지 중 한 곳으로, 전각 이층에 위치해 있는 낙성비고(落星秘庫)라는 이름의 서고(書庫)였다.

그곳에서 자신이 혹여 스쳐 지난 가문의 절학이 없는지 살펴보려는 것이었다.

그런데 그것은 정말 이상한 일이었다. 아니, 느낌이었다.

막 세 걸음째를 떼어놓던 단소예는 등 뒤에서 기이한 느낌을 받았다.

그것은 보이지 않는 그 무언가가 그녀의 영혼을 아주 강력하게 빨아 당기는 듯한 느낌이었다.

그런 느낌을 그녀는 육 년 전에 딱 한 번 경험했었다.

장대비가 억수같이 퍼붓던 날 밤, 그녀는 소름 끼치는 악몽을 꾸었다.

끔찍하게 생긴 거대한 구렁이가 자신의 하나뿐인 친구 설영을 통째로 삼키고 있는 꿈이었다. 구렁이의 날카로운 이빨이 설영의 몸에 깊숙이 박혀 있었고, 피투성이가 된 설영은 단소예를 향해 살려달라고 절규를 터뜨렸다.

그러다가 단소예는 설영의 이름을 비명처럼 부르면서 잠에서 깨어났었다.

잠에서 깬 직후 그녀의 전신을 폭풍처럼 훑고 지나갔던 소름 끼치는 전율.

그 당시 그녀는 잠에서 깨자마자 중천군림성으로 달려갔었고, 그녀가 그곳에서 본 것은 장대비 속에서 거대하게 불타고 있는 중천군림성이었다.

바로 그 느낌을 그녀는 지금 또다시 받고 있었다.

획!

단소예는 재빨리 뒤돌아보았다.

함붕이 걸어가고 있는 뒷모습이 보였다.

단소예의 시선이 그가 메고 있는 사람에게 향했다.

그 사람은 헝클어진 긴 머리에 얼굴이 아래를 향한 채 함붕이 걸음을 옮길 때마다 상하로 흔들거려서 얼굴을 확인할 수가 없었다.

"잠깐!"

단소예는 나직이 외치는 것과 동시에 번쩍 신형을 날려 함붕에게 쏘아져 갔다.

그녀는 멈춰서 뒤돌아보는 함중의 뒤로 돌아가 설영의 머리를 두 손으로 받쳐 들고 조심스럽게 들어 올렸다.

순간 설영의 파리하도록 해쓱한 얼굴이 그녀의 동공 속으로 파고들었다.

"……!"

설영의 얼굴에 못 박힌 단소예의 눈동자가 한껏 팽창됐다.

이 순간 그녀의 모든 것이 정지했다. 호흡도, 생각도, 핏줄의 흐름마저도 멈춰 버렸다.

'영아…….'

눈물이 핑 돌고 머리가 어질어질했다.

그다음에 두 손으로 잡고 있는 설영의 머리가 싸늘하다는 것이 느껴졌다.

"왜 그러십니까?"

우두커니 서 있는 함붕은 자신의 등 뒤에서 무슨 일이 벌어지고 있는지 알지 못했다. 그는 가만히 선 채 고개만 돌리면서 물었다.

그 짧은 시간에 단소예의 머리가 빠르게 회전했다.

그녀는 설영의 머리에서 손을 떼면서 공력으로 눈에 가득 찼던 눈물을 증발시켰다.

"이자는 무슨 죄를 지었죠?"

그녀의 표정은 차가웠고, 목소리는 더 차가웠다.

"이놈은……."

함붕은 머뭇거렸다.

"대가께서 나한테까지도 말하지 말라고 하던가요?"

단소예의 목소리가 차가워졌다.

"아, 아닙니다. 이놈은 금호방주를 암살한 살수입니다. 내일 가주께서 직접 심문하실 것입니다."

'살수!'

번갯불보다 더 뜨거운 화살이 그녀의 가슴을 관통했다. 아니, 머리까지 관통했다.

"알았어요."

사박사박.

단소예는 더 이상 살수 따위에게는 관심이 없다는 듯 몸을 돌려 계단을 향해 걸음을 옮겼다.

함붕은 단소예가 계단을 오를 때까지 지켜보다가 이윽고 대전 밖으로 나갔다.

계단을 절반쯤 오르던 단소예는 순간 우뚝 멈추는가 싶더니 깃털처럼 가볍게 훌쩍 몸을 날려 대전 바닥에 내려섰다가 일직선을 그으며 대전 입구로 쏘아져 갔다.

저만치 정원을 가로질러 걸어가고 있는 함붕의 모습이 눈에 띄었다.

이 순간의 단소예는 아무것도 생각하지 않았다.

설영이 대체 어쩌다가 살수가 됐는지, 무엇 때문에 금호방주를 죽였는지, 어떻게 해서 이곳까지 잡혀 오게 되었는지 따위는 중요하지 않았다.

그녀는 오직 한 가지만을 생각했다. 설영이 살아서 자신의 앞에 나타났다. 그러므로 두 번 다시 육 년 전의 악몽이 되풀이되지 않아야만 했다.

낙성검가의 뇌옥은 거대한 전각군의 맨 뒤쪽 야트막한 인공 가산 아래에 위치해 있었다.

함붕이 뇌옥에 다녀간 지 반 시진 후, 단소예가 그곳에 모습을 나타냈다.

그녀가 반 시진을 허비한 이유는 간단한 짐을 챙기기 위해서였다. 그녀는 설영을 구하고 나서 영원히 낙성검가를 떠날 각오를 하고 있었다. 더 이상 이곳에 머물러 있을 이유가 없었다. 사실 그녀는 이미 오래전부터 낙성검가에 환멸을 느꼈었다.

"소가주!"

뇌옥 입구를 지키는 두 명의 하급무사는 단소예를 보는 즉시 그 자리에서 얼어붙었다.

단소예처럼 너무도 아름다운 여자는, 특히 가문의 소가주라는 신분에다가, 거기에 걸맞게 도도하고 품위까지 지니고 있다면 가문 내에 있는 모든 남자들의 선망의 대상이 되기에 충분한 존재다.

지금 단소예 앞에 있는 두 명의 하급무사도 그런 점에서는 예외가 아니었다.

"뇌옥을 열어라."

단소예가 냉정하게 명령했다.

"아, 알겠습니다."

무엇 때문에 뇌옥 문을 열어야 하느냐고 묻지도 않았다. 그저 두 명은 먼저 뇌옥을 여는 사람이 단소예에게 잘 보이는 것이라도 되는 것처럼 앞 다투어 뇌옥의 철문을 여느라 법석을 떨어댔다.

그궁!

"저희가 안내하겠습니다."

묵직한 철문이 열리자 그들은 또 앞 다투어 단소예를 안내하려다가 갑자기 짚단처럼 풀썩 쓰러졌다.

뒤따르던 단소예가 번개같이 그들의 혼혈을 제압해 버렸기 때문이다.

단소예는 그들 중 한 명의 괴춤에 달려 있는 열쇠 꾸러미를 빼내어 주위를 한차례 둘러본 후 밤고양이처럼 뇌옥 안으로 스며들었다.

그녀가 다시 세 명의 하급무사들을 쓰러뜨린 후에 설영을 찾아낸 곳은 뇌옥들이 줄지어 이어진 곳의 가장 막다른 석실이었다.

철컹!

철문을 열고 들어서자 음습하고 퀴퀴한 냄새와 서늘한 냉기가 확 끼쳐 왔다.

거기 칙칙한 바닥의 한복판에 설영이 짐짝처럼 아무렇게나 던져져 있었다.

단소예는 더없이 긴장되고 격동하는 가슴을 간신히 억누르면서 설영의 머리맡에 가만히 무릎을 꿇었다. 뭐라고 표현하기 힘든 격렬한 감정이 폐부 저 밑바닥에서 미친 듯이 용솟음쳐 올랐다.

그녀는 떨리는 두 손으로 설영을 똑바로 눕히고 그의 얼굴을 가까이에서 아주 찬찬히 자세히 들여다보았다.

설영의 모습은 많이 변해 있었다. 하지만 단소예는 그를 한눈에 알아볼 수 있었다. 역시 그녀는 아까 대전에서 잘못 본 것이 아니었다.

과거 외로웠던 시절의 소년과 소녀는 두 사람만이 서로에게 유일한 가족이었고, 친구였으며, 모든 것이었다.

소년과 소녀의 형과 오라비는 며칠에 한 번 얼굴마저 보기 어려울 정도로 바빴었다.

만약 소년이 소녀를, 소녀가 소년을 만나지 못했더라면 두 사람은 극도의 외로움 때문에 황폐한 어린 시절을 보냈거나, 아니면 그 외로움 때문에 극단적인 해결책을 선택했을지도 모른다.

즉, 자살이다. 그들은 그만큼 외로웠었다.

그 소녀 단소예가 육 년이 지났다고 해서 소년 설영을 알아보지 못한다면 말이 되지 않는다.

더구나 지난 육 년 동안 단소예는 한시도 설영을 잊지 못하고 주사야몽(晝思夜夢)하지 않았던가?

"영아……."

단소예는 가늘게 몸을 떨면서 허리를 굽혀 설영의 뺨에 자신의 뺨을 가만히 대고 조심스레 비볐다.

그녀의 눈에서 흘러내린 눈물이 설영의 뺨을 흠뻑 적셨다.

"영아, 다시는… 다시는 널 잃지 않을 거야."

단소예는 스스로에게 맹세하듯 그렇게 중얼거린 후 설영을 안고 일어섰다.

지금은 한시바삐 이곳을 벗어나야 할 때였다. 설영을 깨우는 것은 그다음의 일이다.

그날 밤, 단소예는 또다시 구렁이의 아가리 속으로 삼켜지려는 설영을 마침내 구해냈다.

낙성검가를 빠져나온 단소예는 한 시진이 지나기도 전에 자신이 갈 곳이 없다는 너무도 엄연하고 당연한 사실을 깨달아야만 했다.

원래 그녀는 설영을 데리고 아미산으로 갈 생각이었다. 아미파는 금남(禁男)의 문파라서 설영과 함께 들어갈 수 없지만, 아미산 근처 수백 리 일대에는 아미파 출신의 속가제자들이 운영하는 무도관이나 소문파들이 많기에 그중 하나로 가면 될 것이라고 여겼었다.

그런데 그녀의 계획은 처음부터 난관에 부딪치고 말았다. 그녀가 설영을 업고 낙양성을 빠져나가려고 성문에 당도하고 보니 그곳에는 중천사세의 고수들 수십 명이 눈을 번뜩이며 삼엄하게 지키고 있는 것이 아닌가.

사정은 낙양성 네 개의 성문도 마찬가지였다.

그래서 성벽을 넘으려고 했으나 그 역시 쉽지 않았다. 성벽 안 아래쪽에는 이삼 장 간격으로 십여 명씩의 고수들이 진을 치고 있었기 때문이다.

그들은 중천칠지파의 고수들이었는데, 둘레 육십여 리의 성벽 전역에 걸쳐서 그런 형태로 지키고 있었다.

단소예가 낙성검가로 돌아온 지 두어 달 남짓밖에 안 되고, 사람들과 거의 접촉을 하지 않았다고 해서 바깥소식에 캄캄한 것은 아니었다.

그녀도 낙양에 거주하는 대부분의 무림인들이 알고 있는 만큼의 소문이나 정보는 갖고 있었다.

그러므로 지금 가담항설(街談巷說)하고 있는 여러 소문들 중에서도 가장 유명한 금호방주를 암살한 살수에 대한 소문을 모를 리가 없었다.

그러나 그 살수가 설영이었다는 사실은 꿈에서조차 상상하지 못한 일이었다.

단소예는 중천사세와 중천칠지파 수천 명의 고수들이 오로지 설영 한 사람을 잡기 위해 지금 낙양성 네 개 성문과 성벽을 빙 둘러 삼엄하게 지키고 있다는 사실을 어렵지 않게 깨달았다.

총관인 풍우검 함붕은 그녀의 오라비인 단해룡이 내일 아침에 설영을 심문할 것이라고 말했었다.

전례로 볼 때 어떤 사건에 대한 범인의 발표는 모든 심문이 끝난 후에 이루어졌다.

그로 미루어 볼 때 금호방주를 암살한 살수를 잡았다는 사실을 아직 공식적으로 발표하지 않은 것이 분명했다.

그러나 낙성검가는 이제 살수를 잡았다는 발표를 하지 못할 것이다.

단소예가 기필코 그렇게 만들어야만 한다.

그녀는 오라비 단해룡이 설영을 알아보지 못했을 것이라고 판단했다. 만약 알아봤다면 설영에 대해서 더욱 삼엄한 조치를 내렸을 것이 분명했다.

단소예는 낙성검가의 친족만 익힐 수 있는 성명검법과 아미파 장문인의 진전을 고스란히 이어받았다.

그렇지만 공력이 칠십 년에 불과하기 때문에 거의 완벽하게 터득한 아미절학들의 진수를 십분 발휘하지 못하는 실정이었다.

그녀가 칠십 년이라는 제법 높은 공력을 지닌 것도 무가(武家)에서 태어나고 자라 어렸을 때부터 무공에 정진했으며, 많은 영물과 영약을 복용했기 때문이었다.

삼엄하기로 치면 낙양성 네 개 성문과 성벽 둘레만이 아니라 낙양성 내의 거리 곳곳도 마찬가지였다.

대로는 물론이고 거미줄처럼 뻗어 있는 소로와 골목에까지 중천사세, 중천칠지파, 중천오충의 고수들이 각기 다른 목적을 갖고 설영을 잡기 위해 아적(蛾賊)처럼 깔린 채 누비고 다녔다.

단소예는 자신보다 훨씬 큰 설영을 업고 낙성검가에서 빠져나온 후 아직까지 설영의 상태를 살펴볼 잠시의 여유조차 가지지 못하고 있는 중이었다.

'이제 어쩌지?'

설영을 데리고 곧장 아미산 근처로 가서 잠잠해질 때까지 꼭꼭 숨어 살 것이라고 작정했던 단소예는 낙성검가에서 직선거리로 채 삼백여 장도 벗어나지 못한 어느 골목 어귀에서 극도로 초조해진 상태에서 대로를 살피며 걱정스러운 표정을 지었다.

뇌옥 입구를 지키던 제자들이 쓰러져 있는 것이 발견되면 낙성검가 전체가 발칵 뒤집힐 것이고, 오라비 단해룡의 명령에 의해 삽시간에 수많은 제자들이 설영을 잡으려고 쏟아져 나올 것이다.

그렇게 되면 단소예와 설영이 발각되는 것은 그야말로 시간문제다.

그전에 한시바삐 안전한 장소에 숨든가 낙양성을 빠져나가야만 한다.

그러나 단소예는 낙성검가를 제외하면 갈 만한 곳이, 아니, 아는 곳이 한 군데도 없었다.

'아… 어쩌면 좋지?'

단소예는 애가 바짝바짝 탔다. 그러다가 문득 설영이 어떤 상태인지 궁금해졌다.

그녀는 즉시 골목 안쪽으로 빠르게 쏟아져 들어가며 좌우를 살펴보았다.

막다른 지점에 거의 다다랐을 무렵, 왼쪽에 집과 집 사이의 좁은 틈이 눈에 띄었다. 폭이 두어 자 남짓이었는데 안쪽은 컴컴해서 잘 들여다보이지 않았다.

그녀는 주변을 살펴 아무도 없음을 확인한 즉시 좁은 틈으로 삼 장쯤 들어가 막다른 곳에 이르러서야 조심스럽게 설영을 내려놓으며 벽에 기대어 앉혔다.

이어서 그를 세밀하게 살핀 후에 심장에 귀를 대보고 또 맥도 잡아보았다.

'아! 다행이야.'

그녀는 크게 안도의 표정을 지으면서 나직한 한숨을 토해 냈다.

설영은 혼혈만 제압됐을 뿐이지 아무런 이상이 없음을 확인한 것이다. 또한 맥을 짚어본 결과 설영이 제압된 혼혈이 낙성검가의 독문점혈수법이라는 사실도 알아냈다.

단소예는 어릴 때부터 수천 번도 더 연습한 가문의 해혈수법이건만, 그래도 행여 실수라도 할까 봐 극도로 조심하면서 설영의 혈도를 하나하나 짚어나갔다.

해혈이 끝나자 그녀는 설영의 맞은편에 무릎을 꿇은 채 긴장된 표정으로 말끄러미 그를 바라보았다.

여자처럼 길고 섬연한 설영의 속눈썹이 파르르 떨리는가 싶더니 천천히 눈이 떠졌다.

그가 크고도 맑은 눈을 뜨고 앞을 쳐다볼 때 그녀는 심장이 터질 것만 같은 격동을 느꼈다.

그녀는 아무 말도 하지 않았다. 아니, 할 수가 없었다. 그저 두 눈에 커다란 눈물이 가득 솟구쳐서 설영의 모습이 뿌옇게 보였다.

"너……."

눈을 뜨고 잠시 단소예를 응시하던 설영의 얼굴에 놀라움이 물결처럼 번졌다.

단소예는 여전히 아무 말도 못하고 고개만 끄덕였다.

"소예로구나."

"응……."

단소예는 또 고개를 끄덕였다.

그러자 눈물이 후드득 떨어졌다.

너무나 기뻤다.

자신이 설영을 한눈에 알아본 것처럼 그 역시 자신을 한눈에 알아봐 준 것이 기뻤고, 그의 육성으로 직접 '소예'라는 이름을 듣게 되어 또 기뻤다.

두 사람은 아무런 말도 하지 않았다.

설영은 단소예의 얼굴에 시선을 고정시킨 채 눈동자를 움직이지 않고 뚫어지게 주시했다. 마치 지난 육 년 동안 보지 못했던 것을 지금 한꺼번에 보려는 듯했다.

단소예도 그를 따라 했다. 설영의 모습을 자신의 눈을 통해서 심장 속에 깊이 새겨서 간직하려는 듯 눈도 깜빡이지 않고 그를 응시했다.

그리고는 약속이나 한 것처럼 두 사람의 시선이 서로의 눈으로, 코로, 입으로, 얼굴로, 어깨로, 온몸으로 물이 흐르듯 옮겨졌다.

이윽고 다시 시선이 서로의 얼굴로 향했고, 마지막으로 서로의 눈을 바라보았다.

단소예는 한시바삐 은신처를 찾아야 한다는 사실을 망각했고, 설영은 자신이 왜 이런 곳에서, 단소예 앞에서 깨어났는지에 대해서 궁금하지도 않았다.

"소예, 네가 틀림없구나."

이윽고 한참 만에 설영이 부드럽게 미소를 지으면서 입을 열며 두 손을 뻗어 단소예의 뺨을 감쌌다.

단소예의 가냘픈 몸이 폭풍처럼 거세게 떨렸다.

그녀는 지금 이 순간 죽어도 여한이 없을 듯했다. 지금의 이 감격은 죽는 순간까지도 잊을 수 없을 것이다.

두 사람은 터지려는 자신들의 감정을 꾹꾹 눌러둔 채 육 년이라는 긴 세월을 눈빛과 체온으로 전했다.

"소예, 나의 소예……."

설영이 주문을 외듯 중얼거렸다.

단소예는 주문에 걸린 듯 그의 품에 안겨갔다.

"영아, 나의 영아……."

두 사람의 아름답고 고결한 입술이 살짝 맞닿았다.

단소예의 촉촉한 입술이 설영의 메마르고 까칠해진 입술을 가볍게 비볐고, 기다렸다는 듯이 설영의 혀가 단소예의 입술을 부드럽게 핥았다.

그리고 다음 순간 두 사람은 서로를 힘껏 끌어안으면서 입술을 뜨겁고도 깊숙이 밀착시켰다.

입맞춤은 격렬했다. 두 사람 다 태어나서 처음 하는 서툰 입맞춤이었다.

그렇지만 입술과 혀를 통해서 자신의 영혼을 주고 상대의 마음을 빨아 삼키려는 듯 헐떡이면서 입술을 부비고 혀를 빨아 당겼다.

얼마나 시간이 흘렀을까.

대로 쪽에서 요란하게 옷자락 날리는 소리와 급박한 말소리가 들려왔다.

그러자 두 사람은 급히 떨어졌다.

설영은 자신의 품에 안겨 있는 단소예의 머리카락을 쓰다듬으며 속삭였다.

"어떻게 된 일이지?"

"영아, 넌 금호방주를 암살한 살수로 본가에 잡혀 왔었는데, 내가 발견하고 구한 거야."

단소예의 말은 짧았지만 많은 내용이 함축됐다.

설영은 그 말로써 그간의 모든 상황을 대충이나마 짐작할 수 있게 되었다. 추측의 앞뒤를 잘라내더라도 낙화귀가 설영을 낙성검가에 넘긴 것만은 분명했다.

"낙양은 경계가 너무나 삼엄해서 도저히 빠져나갈 수기 없어. 방금 전의 그 소란은 아마도 본가에서 너의 탈출을 알아냈기 때문인 것 같아.”

단소예가 눈으로는 설영을 보면서도 귀는 대로 쪽을 향한 채 속삭였다.

“그런데 나는… 널 데리고 갈 곳이 없었어. 한 곳도…….”

그녀의 마지막 목소리는 몹시 쓸쓸했다.

“가자.”

설영은 이미 어떻게 할 것인지를 결정하고 단소예를 부축하면서 일어섰다.

그는 단소예의 가느다란 허리를 한 팔로 감듯이 안고 좁은 틈에서 나와 대로 쪽을 한 번 힐끗 보더니 골목 안의 막다른 곳을 향해 쏘아져 갔다.

단소예는 설영이 힘들 것 같아서 자신도 무공을 할 줄 안다고 말하려 했다. 아니, 그녀는 아미파 장문인의 제자인 자신이 설영보다는 강할 것이라고 예상했다.

설영은 살수라고 들었다. 보통의 무림인들, 특히 정파인들은 살수에 대해서 잘 모른다. 그저 사술이나 은둔술에 능하고 기척 없이 사람에게 접근하여 지독하거나 교활한 방법으로 숨통을 끊어놓는 박쥐 같은 족속쯤으로 여겼다.

그래서 단소예도 설영을 그 정도의 살수라고 여기는 것이 무리가 아니었다.

그런 설영이 단소예를 안고 너무도 가볍게 막다른 골목의 바닥을 박차고 허공으로 솟구쳤을 때 그녀는 뭔가 이상하다는 생각을 했다.

설영은 집들의 지붕 위에 아주 낮게 떠서 물이 흐르듯이, 그리고 쏘아낸 화살보다 더 빨리 쏘아갔다. 그는 단소예를 안고서도 그녀가 혼자서 전력을 다해 달리는 것보다 더 빨랐다.

단소예는 힐끗 대로 쪽을 보았지만 이쪽에서 대로는 보이지 않았다.

설영은 기가 막히게도 대로에서 보이지 않는 곳만 골라서 나아가고 있었다. 더구나 엄청 빨랐다. 그러면서도 일말의 기척도 파공음도 나지 않았다.

그녀는 그제야 설영이 자신보다 훨씬 고강하다는 사실을 깨달았다.

"……!"

그리고 다음 순간, 그녀는 한 가지 사실을 더 깨달았다.

설영이 전개하고 있는 경공술이 매우 눈에 익었다.

'이것은 유운비화(流雲飛花)!'

유운비화는 현존하는 아미파의 최고 경공술이었다. 눈에 익은 정도가 아니라 단소예가 늘 사용하고 있는 경공술이기도 한 것이다.

그러나 그녀는 곧 고개를 가로저었다. 유운비화와 부분적으로는 비슷한 것 같았지만 자세히 지켜보니 많이 달랐다. 아니, 그보다 훨씬 뛰어난 경공술이었다.

단소예는 자신의 사부가 전력으로 유운비화를 전개한다고 해도 이보다 빠르지는 못할 것이라는 생각이 들었다. 더구나 설영은 단소예까지 안고 있지 않은가.

단소예는 천하에서 아미파의 유운비화보다 뛰어난 경공은 단 세 가지밖에 존재하지 않는다는 사부의 말을 지금도 기억하고 있었다.

아미파의 실전된 절학 중에서 유운무풍과 백설풍운연, 그리고 오백여 년 전 전설의 기인 무극성인(無極聖人)의 구궁표류연이 그것이었다.

하지만 단소예는 그 세 가지 경공 중에서 단 하나도 직접 본 적이 없었다. 그런데 그녀는 지금 설영이 전개하고 있는 경공이 보면 볼수록 자파의 유운비화와 많이 닮았다는 생각을 떨쳐 버리기가 어려웠다.

그러나 설영이 아미파 무공을 배웠을 리가 없다. 그래서 자신이 잘못 봤을 것이라고 결론을 내렸다.

단소예의 사부인 창령 신니(蒼翎神尼)는 천허 신니의 수제자로서 십오 년 전에 장문인이 되었다. 천허 신니는 한효령의 사부였던 자허 신니의 사매였으므로, 한효령이 파계당하지 않았다면, 단소예는 그녀를 사백(師伯)이라고 불러야 한다.

뿐만 아니라 설영은 한효령에게 아미파 절학을 배웠기 때문에 그녀가 사부나 진배가 없었다. 그러므로 설영과 단소예는 사형제지간인 셈이다.

단소예는 꿈을 꾸는 것만 같았다. 낙성검가 안에서 처음 설영을 발견했던 일부터, 지금 진행되고 있는 모든 것들이 한 차례 잘못 눈을 깜빡이기만 해도 사라질지도 모르는 꿈인 것만 같았다.

그녀는 두 팔로 설영의 가슴을 꼭 끌어안은 채 그의 얼굴을 보고 또 보았다.

틀림없는 설영이었다.

이것은 정녕 꿈이 아닌 것이다.

第四十六章
부활(復活)

　낙영루는 평소와 다름없이 활기차게 영업을 하고 있는 중이었다.

　정미는 낙영루가 영업을 하고 있는지 아닌지 밖에서도 보고 알 수 있다는 사실을 영업 시간이 한 시진이나 지난 다음에야 알아차렸다.

　만약 영업을 하고 있지 않은 것을 낙화귀나 장도명이 본다면 도망치거나 다른 수작을 부릴 것이 분명했다.

　정미가 뒤늦게 낙영루의 책임자를 불러 왜 영업을 하지 않느냐고 닦달했더니, 책임자는 머뭇거리면서 기루에 무슨 일이 생긴 것 같아서 그랬다고 대답했다.

자신의 집에서 기루로 매일 출퇴근을 하고 있는 책임자는 낙영루에 삼십여 명의 호위무사들이 머물고 있는 사실을 잘 알고 있었다.

그런데 그는 오후에 출근을 한 뒤로 루주인 낙화귀는 물론이고 호위무사들조차 한 명도 발견하지 못했다. 원래 소심한 성격인 그는 무언가 이상한 낌새를 느끼고 눈치만 살필 뿐 영업을 할 엄두를 내지 못했던 것이다.

정미는 당장 영업을 시작하라고 을러댔고, 책임자는 정미에게 당신이 누군데 명령을 하느냐고 따졌다.

결국 책임자는 정미에게 한 대 얻어맞아서 눈두덩이가 시퍼렇게 멍이 든 다음에야 부랴부랴 영업을 개시했다.

그런데 자정이 다 되어가는 지금까지도 낙화귀나 장도명은 돌아오지 않고 있었다.

'이것들이 아직까지 낙성검가에 있을 리가 없어. 낌새를 채고 도망친 게 분명해!'

정미는 사층 낙화귀의 방 앞 창문에서 대로를 굽어보면서 분을 참지 못하고 새근거렸다.

그러다가 문득 그녀의 얼굴이 해쓱하게 변했다. 한 가지 사실에 생각이 미쳤기 때문이었다.

'어쩌면… 영아는 이미 죽었는지도 몰라…….'

금호방주를 암살한 살수를 그렇게 쉽사리 죽일 리가 없다
는 간단한 논리조차도 마음이 급하고 세상 경험이 거의 없는
정미는 생각하지 못했다.

'안 되겠어! 내가 낙성검가에 잠입해서 직접 영아를 찾아
봐야겠어.'

그래서 급기야 그런 결정을 내리기에 이르렀다. 그녀는 자
신이 낙성검가에 잠입해서 뭘 어떻게 하겠다는 구체적인 계
획 같은 것도 없었다. 그저 막연히 설영을 찾아내서 구하고
말겠다는 각오만 다지고 또 다질 뿐이었다.

'죽기를 각오하면 못할 것도 없어!'

그녀는 입술을 꼭 깨물며 주먹을 불끈 쥐었다.

잃을 것도 없는 그녀다. 아니, 설영을 잃으면 모두 잃는다
고 생각하는 그녀이기에 이런 상황에서는 두려울 것이 없었
다.

사륵—

뒤쪽에서 작은 소리가 들려온 것은 바로 그때였다.

창!

정미는 흠칫 놀랐으나 즉시 입술을 잘근 깨물고는 어깨의
검을 뽑는 것과 동시에 몸을 돌리지도 않고 그대로 뒤를 향해
쏘아져 갔다.

"미아, 날 죽일 셈이냐?"

느닷없이 조용한 목소리가 정미의 고막을 두드렸다.

원래 정미가 서 있던 곳에서 뒤의 창문까지는 이 장여. 단 한 번 몸을 솟구쳐 날리면서 검을 뻗는 것만으로도 닿고도 남을 거리였다.

"……."

정미는 전면으로 검을 뻗은 자세에서 그대로 굳어버렸다. 너무도 귀에 익은 음성이라서 본능적으로 검을 멈추었으나 이미 팔을 한껏 뻗은 후였다.

그녀의 앞에는 놀랍게도 설영이 한 명의 여자를 안은 채 우뚝 서 있었다. 그런데 그는 상체를 옆으로 살짝 기울여 정미의 검을 피한 자세였다. 만약 피하지 않았더라면 검이 그의 목 한복판을 찔렀을 것이다.

정미는 눈을 깜빡거렸다. 설영이 자신의 눈앞에 서 있다는 사실이 믿어지지가 않았다.

손으로 눈을 비빈 후 다시 봤지만 눈앞에 서 있는 사람을 틀림없는 설영이었다.

"영아… 정말 영아 맞니……?"

설영은 고개를 끄덕이며 온화하게 미소를 지었다.

"그래."

정녕코 이것은 꿈이 아니었다.

저렇게 아름답게 미소를 지을 수 있는 사람은 천하에서 설영, 단 한 사람뿐이었으므로.

"으아앙! 영아!"

정미는 검을 내팽개치면서 설영의 품으로 뛰어들며 어린 아이처럼 울음을 터뜨렸다.

설영은 왼팔로 단소예의 허리를 안고 있었기 때문에 오른팔로 정미를 안았다.

정미는 눈물을 펑펑 흘리면서 설영의 뺨에 얼굴을 부비고 몸부림을 치는 등 상봉 의식이 가관이 아니었다.

"뭐, 뭐야?"

한참을 그러던 정미는 어느 순간 동작을 뚝 멈추더니 자신의 얼굴과 거의 맞닿을 정도로 가까운 거리에 있는 또 하나의 얼굴을 발견하곤 눈을 커다랗게 뜨며 놀랐다.

설영은 양팔에 단소예와 정미를 안았으며, 그녀들의 얼굴은 서로를 향하고 있었으니, 정미가 단소예의 얼굴을 발견한 것은 오히려 뒤늦은 감이 있었다.

"내 친구야."

설영이 양팔을 풀어 두 여자를 놓아주며 원래의 굵직한 육성으로 말했다.

그렇지만 정미는 지금 너무 놀라고 있는 중이라서 그의 목소리를 미처 알아차리지 못했다.

"친구?"

정미는 놀라면서도 경계하는 표정으로 단소예의 온몸을 자세히 살펴보았다.

단소예 역시 정미를 조심스럽게 살펴보는 중이었다. 설영은 그녀를 무작정 이곳으로 데려오면서 정미에 대한 설명을 한마디도 해주지 않았었다.

설영은 이곳에 낙화귀가 있을 것이라고 생각하여 그를 족치리라 마음먹고 왔는데, 뜻밖에 정미가 낙화귀의 방에 있자 적잖이 놀랐다.

두 여자의 탐색은 길어지고 있었다.

그러나 설영이 남자라는 사실을 알고 있는 단소예와 그가 여자인 줄만 알고 있는 정미의 탐색의 근본적 의도는 다를 수밖에 없었다.

"소예가 나를 구해주었어."

설영이 단소예의 어깨에 손을 얹으며 말했다. 그러면서 그와 단소예의 시선이 또 마주쳤고, 두 사람은 눈으로 부드럽게 미소를 지었다.

설영의 말에 정미는 더 이상 단소예를 탐색하지 않았다. 그녀가 설영을 구했다는 사실은 정미의 모든 경계심을 무너뜨리기에 부족함이 없었다.

"안녕, 난 정미야."

정미는 환하게 미소 지으면서 단소예 앞으로 바짝 다가

섰다.

"소녀는 단소예라고 해요."

탁!

"왜 그래? 친구끼리는 말 놓는 거야!"

정미가 단소예의 어깨를 가볍게 치며 일깨워 주었다.

"네? 네……."

"그래도!"

"아… 알았어."

원래 정미는 세상천지에 피붙이라곤 한 명도 없었다. 그녀에게 가장 가까운 사람은 친구인 설영과 혜윤뿐인데, 설영이 더 친했다. 그래서 그녀는 친구나 사람을 사귈 줄도, 사귀는 방법조차도 모른다. 그런 그녀의 근처에 설영과 혜윤이 있었다는 것은 행운이며, 그 둘과 친구가 된 것은 기적과 같은 일이었다.

설영이 없을 때에는 극도로 초조하고, 또 절망에 빠져서 아무것도 하지 못했던 그녀였다. 그런데 설영이 돌아오자 언제 그랬느냐는 듯이 새살거리며 즐거워하고 있었다.

이윽고 한동안의 어수선한 분위기가 가라앉자 세 사람은 탁자에 둘러앉았다.

"미아, 어떻게 된 것인지 아는 대로 설명해 봐."

설영이 침착한 표정으로 정미에게 물었다.

"너… 목소리가 왜 그러지? 감기 들었어?"

흥분을 가라앉힌 정미는 그제야 설영의 목소리가 맑으면서도 굵어졌다는 사실을 깨달았다.

설영이 원래의 목소리로 말한 것은 실수가 아니었다. 단소예도 있는데 정미 앞에서 계속 여자 행세를 한다는 것이 내키지 않았던 것이다.

또한 자신이 남자라는 사실을 밝힌다고 해도 정미와의 우정은 변하지 않을 것이라는 확신이 있었다.

설영은 정미를 보며 조용히 말문을 열었다.

"미아, 사실 나는 남자야."

"……."

정미는 설영의 말이 무슨 뜻인지 금세 알아듣지 못하는 것 같았다.

그래서 설영이 다시 덧붙였다.

"미아, 검풍루는 여자만 살수로 받아들이잖아?"

"그… 렇지."

설영의 얼굴이 씁쓸하게 변했다.

"나는 원래 남자인데, 검풍살수가 되기 위해서 어쩔 수 없이 여자로 변장하고 있었던 거야."

"……."

그제야 정미는 조금쯤 현실을 받아들이는 것 같았다. 그녀는 눈을 최대한 크게 뜨고 깜빡이지도 않은 채 설영을 뚫어지게 바라보았다.

"그동안 널 속여서 미안해."

단소예는 설영의 말을 듣고 어떻게 된 일인지 대충 짐작할 수 있었다. 그가 여태껏 여자 행세를 하면서 그가 속해 있는 곳의 사람들을 감쪽같이 속였다는 뜻이었다.

"정… 말이야? 영아, 네가 남자라는 것이……."

정미는 잠시 지나서야 잠긴 목소리로 간신히 물었다.

"응."

"어디 봐. 내 눈으로 직접 확인해야겠어."

정미는 바로 옆에 앉아 있는 설영에게 느닷없이 달려들어 그의 상체를 떠밀어 뒤로 젖히는 것과 동시에 그의 괴춤을 잡더니 앞으로 확 잡아당겨 크게 벌리면서 벌어진 괴춤 속에 아예 얼굴을 디밀었다.

"미… 미아!"

그녀가 그렇게 나올 줄은 추호도 예상하지 못했던 설영은 크게 당황해서 급히 그녀를 떼어냈다.

그런데 그다음 정미의 표정이 정말 볼 만했다. 그녀는 미혼약에라도 취한 듯 눈을 반개하고 입을 벌린 채 자칫하면 침이라도 흘릴 기세였다.

"헤에… 정말 고추가 달렸네?"

"미아!"

설영은 질겁하며 외쳤고, 단소예는 빨개진 얼굴을 급히 두 손으로 가렸다.

단소예가 봤을 때 정미의 행동은 괴행이었지만, 그녀의 살아온 과정과 검풍루가 어린 소녀들을 세상과 철저하게 단절시킨 채 어떻게 교육시키는지를 안다면 그녀의 행동은 이해하지 못할 것도 아니었다.

정미는 갑자기 설영에게 달려들어 그의 품에 안겼다. 괴행의 연속이었다. 이어서 설영의 가슴에 얼굴을 묻더니 몸을 배배 꼬면서 코 먹은 소리로 중얼거렸다.

"나 있잖아. 항상 영아 네가 남자였으면 좋겠다고 생각했었어. 그런데 그게 현실로 이루어지다니……."

정미는 설영의 앞섶을 두 손으로 붙잡고 가슴속으로 들어가려는 것처럼 얼굴을 부비며 열뜬 어조로 속삭였다.

"아유! 너무 기뻐! 영아, 네가 내 남자라니……."

설영의 얼굴 가득 어이없는 표정이 떠올랐으며, 단소예의 안색은 해쓱하게 변했다.

"그랬었군."

정미에게 모든 얘기를 다 듣고 난 설영은 굳은 표정으로 중얼거렸다.

그러나 이 일에 대해서만큼은 모든 것을 확연히 알 수 있겠는데, 두 가지가 의문으로 남았다.

낙화귀가 설영을 데리고 낙성검가로 가면서 모시고 갔던 인물이 누구냐는 것. 그리고 그의 목적이 무엇이냐는 것이었다.

정미가 그의 얼굴을 봤었다면 설영에게 용모를 설명할 수도 있었을 것이다. 그렇다면 설영은 즉시 장도명을 떠올렸을 것이나 현실은 그렇지 못했다.

설영은 잠시 생각에 잠겼다.

정미는 설영의 왼편에 찰싹 달라붙어서 그의 어깨에 뺨을 기대기도 하고, 손을 만지작거리는 등 한시도 그를 가만히 두지 않았다.

반면에 단소예는 설영의 오른편에 약간 거리를 두고 앉아 말끄러미 설영의 얼굴을 응시하고 있었다. 그녀는 그렇게 설영을 바라보고만 있어도 꿈처럼 행복한 것 같았다.

'혈월단주인 장도명이 분명해!'

마침내 설영은 생각을 끝내고 결론을 내렸다.

태무는 자신의 가장 친한 친구인 설영에게 선뜻 낙화귀를 소개해 주면서 도움이 필요할 땐 찾아가라고 했었다. 그것은 태무가 낙화귀를 굳게 신임하고 있다는 뜻이 아니겠는가.

게다가 그동안 낙화귀가 설영에게 보여주었던 행동은 전혀 가식이 아니었다. 그는 설영과 정미에게 진심으로 정성을 다했었다. 그런 것쯤 느끼지 못할 설영이 아니다.

그런 그가 느닷없이 설영에게 접근하여 방심한 틈을 타서 제압을 한 후 낙성검가에 넘겼다. 낙화귀가 태무를 배신하기까지 하면서 그런 행동을 했다면, 절대 자신의 의사로 그랬을 리가 만무하다. 누군가에게 명령을 받았을 터인데, 그자는 태무보다 더 강하거나 높은 신분이어야만 가능하다.

그리고 그런 인물은 천하에 장도명 한 명뿐이다.

"장도명… 이놈!"

설영은 얼굴에 은은한 분노를 떠올리며 지그시 어금니를 악물고 나직한 으르렁거림을 토해냈다.

"장도명이 누구야?"

정미가 깜짝 놀라 설영의 어깨에서 얼굴을 떼며 의아한 얼굴로 물었다.

"낙화귀에게 나를 제압하라고 시키고, 또 나를 낙성검가에 데리고 간 놈."

정미는 괜히 더듬거렸다. 긴장하고 있다는 뜻이다.

"그, 그게 뭐 하는 놈인데?"

"혈월단주인데, 태무의 사부야."

"뭐야?"

갑자기 정미는 자리를 박차고 발딱 일어나서 허공에 주먹을 휘둘러 댔다.

"태무, 이 죽일 놈!"

"태무는 상관이 없어."

"어째서 그렇게 단정하지? 원래 사부하고 제자는 한통속 아냐? 이곳 낙영루를 가르쳐 준 것도 태무, 그놈이잖아! 처음부터 그놈이 함정을 파놓았던 거였어!"

정미는 확신하듯이 외쳤다.

지금 상황으로 봐서는 정미가 이렇게 흥분하는 것도 무리가 아니었다.

그러나 설영은 태무를 믿었다. 아니, 믿고 싶었다.

"언젠가 태무나 장도명 두 놈을 만나면 기필코 뼈를 갈아 마시고 말겠어!"

반면에 정미는 살기등등했다.

설영은 일어나서 창으로 걸어간 뒤 창 아래 대로를 조심스럽게 굽어보았다.

인적이 없으며 어둡고 조용한 가운데 한 무리의 고수들이 떼 지어 한쪽 방향으로 달려가는 모습이 보였다.

문득 그의 뇌리를 스치는 것이 있었다.

설영은 몸을 돌려 정미를 보며 설명했다.

"나는 여기에 낙화귀가 있을 줄 알고 온 거야. 그를 제압해

서 족치려고 말이야. 그런데 뜻밖에 미아, 너를 만나다니 천
만 다행이다."

정미의 얼굴에 기쁜 기색이 떠올랐다.

설영은 양손에 단소예와 정미의 손을 잡고 뒤쪽 창문으로
이끌었다.

"우선 이곳을 빠져나가자."

"왜? 여기에서 낙화귀나 장도명을 기다리는 게 아니고?"

정미가 이해할 수 없다는 표정을 지었다.

"아마 낙화귀는 이곳에 왔다가 너를 발견하고 도망쳤을 거
야. 그리고 내가 탈출한 것을 알고 장도명이 곧 이곳으로 들
이닥치겠지."

설영은 눈으로 본 것처럼 추리를 했다.

정미는 반색을 했다.

"잘됐네! 그럼 여기서 기다리다가 장도명을 잡아서 목을
비틀어 버리자!"

그때, 여태 잠자코 듣고만 있던 단소예가 초조한 표정으로
설영에게 말했다.

"영아, 너는 장도명이라는 사람이 낙성검가 사람들을 몰고
올 것을 걱정하는 거야?"

"응. 그럼 우린 정말 궁지에 몰리게 될 거야."

정미는 그제야 막혔던 머리가 트였다.

그녀는 해연히 놀라는 표정을 짓더니 서둘러 설영의 등을 떠밀었다.

"뭐 하고 있어? 어서 도망치자!"

세 사람이 낙영루를 빠져나와 뒤쪽으로 유유히 흐르는 낙수를 따라 상류로 이백여 장쯤 달려가고 있을 때, 줄잡아 백여 명의 고수들이 낙영루에 들이닥쳤다.

그들의 삼분의 일은 낙영루 안으로 진입했고, 삼분의 일은 순식간에 낙영루 주위를 빽빽하게 포위했으며, 나머지 삼분의 일은 주변을 이 잡듯이 뒤지기 시작했다.

그리고 낙영루의 현관 앞에는 두 사람이 나란히 서 있었는데, 다름 아닌 장도명과 풍우검 함붕이었다.

第四十七章
형제들

　동방객잔 후원의 숲 가운데에 위치해 있는 육각형의 아담한 별채는 다물상군부의 우평이 마련해 준 설무검 형제와 현조운의 거처다.

　설무검은 낙영루에서 돌아온 후 자정이 다 되어가는 지금까지 자신의 지하 연공실에서 두문불출 내리 운공조식에만 열중하고 있는 중이었다.

　지금 별채의 한복판 회의실에는 양궁표를 비롯한 오형제와 현조운, 그리고 고선과 보화까지 여넓 명이 긴 탁자에 둘러앉아 있었다.

설무검과 양궁표, 반호가 낙영루에서 돌아와 보니 염탕과 오장보, 고선, 보화가 도착해 있었다. 설무검은 그들과 몇 마디 인사를 나누고는 곧장 지하 연공실로 내려가 버렸다.

고선과 보화는 그와 오랫동안 떨어져 있었기 때문에 조금 더 회포를 풀고 싶은 마음이 간절했다. 그러나 결국 뜻을 이루지 못하고 그저 그리운 얼굴을 잠깐 본 것으로 만족해야만 했다.

그런데 지금 실내에는 왠지 모를 긴장감이 흐르고 있었다. 그것은 현조운을 제외한 일곱 사람이 만들어내고 있는 긴장감이었다.

일곱 사람은 혼자 서 있는 현조운의 얼굴을 긴장된 표정으로 주시했다.

지금 이 자리는 현조운이 마련했다. 각자의 방에서 쉬고 있는 오형제와 후원의 또 다른 별채에 있는 고선과 보화까지 그가 이곳으로 불러 모은 것이다.

일곱 명은 현조운이 누군지 정확하게 모르고 있다. 다만 그가 설무검의 수하였다는 것, 그가 아니었으면 설무검은 죽었을 것이라는 정도로만 짐작할 뿐이었다.

또 하나가 있다.

현조운의 충성심이었다. 설무검을 상단에 맡겼기 때문에

산적들에게 변고를 당한 것이라고 자책하면서 스스로의 왼팔을 자른 그가 아닌가?

이 자리에 모인 일곱 명은 현조운이 무언가 중대한 말을 할 것이라 예상하고 있었다.

"지금부터 주군에 대해서 제가 알고 있는 모든 것들을 말씀드리겠습니다."

이윽고 현조운이 오랜 침묵을 깨고 나직하지만 힘있는 어조로 입을 열었다.

과연 일곱 명의 짐작은 맞았다. 그들에게 설무검에 대한 것보다 더 중요한 이야기는 없었다.

"주군께서 말씀하셨습니다. 주군께서 알고 계시는 것들은 마땅히 형제들도 빠짐없이 알아야 한다고 말입니다. 그리고 저에게 말씀을 전하라고 하셨습니다."

일곱 사람의 가슴이 뜨거워졌다. 그중에서도 고선과 보화는 감격스럽기까지 했다.

이런 중대한 얘기를 하는 자리에 설무검이 자신들도 참석할 수 있도록 배려했기 때문이다.

일곱 사람은 제각기 다른 시기에, 다른 장소, 다른 사연으로 설무검과 만나 인연을 맺었었다.

그러나 그들의 공통점은 어느 누구도 설무검에 대해서 자세히 알고 있지 못하다는 것이었다.

"아시다시피 주군께선 중천무림의 절대자, 즉 중천의 천주 셨습니다."

현조운은 이야기를 시작했다.

그는 자신이 직접 보고 겪은 것들만 설명했다.

육 년 전의 어느 날 밤.

마차 안에 실려 있는 목관을 백 리 이상 벗어난 곳으로 가 져가서 비밀리에 태워 버리라는 밀명을 받고 목관이 실린 마 차를 몰고 진천방을 떠났던 일. 중도에 중천오세의 하나인 설 란궁의 궁주이자 설무검의 연인인 설란후 정지약을 만나 목 관 안에 있는 것이 설무검이며, 그가 죽어가고 있다는 사실을 알게 된 일. 그리고 설란후의 도움으로 무작정 마차를 몰아 도주의 길에 올랐었던 일.

이후 중천사세의 고수들로 이루어진 추적대에게 끈질기 게, 그리고 끝없이 추적당했던 일.

그러다가 열하성 노노아호산 남쪽에 있는 평천현에서 진 천방의 색혼당주와 그의 수하들과 마주쳐 진퇴양난에 빠진 상황에서 궁여지책으로 근처에 있던 상단에 설무검을 맡길 수밖에 없었던 것.

설무검을 수레에 숨기고 달이호로 가던 상단이 불운하게 도 몽고고원에서 산적들을 만나 전멸했으며, 설무검도 종적 이 묘연해졌다는 것 등이었다.

　현조운이 긴 설명을 끝내고 한숨을 토해내자 실내에는 무거운 정적이 감돌았다.

　모두들 설무검에게 그토록 참담한 과거가 있을 줄은 예상하지 못했다가 큰 충격을 받은 표정들이었다.

　중천무림의 천주로 불리던 인물이 배신으로 인하여 권좌에서 밀려나 거의 시체나 다름이 없는 몰골로 천하를 떠돌다가 끝내 산적에게 끌려갔다는 사실은 이곳에 있는 모든 사람들에게 뭐라고 설명하기 어려운 비애와 분노를 동시에 느끼게 만들었다.

　슥—

　양궁표가 천천히 몸을 일으켰다. 이어서 좌중을 둘러보며 무겁게 입을 열었다.

　"그다음부터는 내가 이야기할 차례군요."

　현조운은 자리에 앉았고, 중인은 이제부터 양궁표의 입에서 설무검에 대한 또 얼마나 비참한 설명이 나올는지 가슴이 답답한 중에도 귀를 기울였다.

　양궁표는 자신이 부채주로 있던 산적 무리인 흑풍채가 노획해 온 상단의 물건들 중에서 하나의 목관을 발견했으며, 그 목관 안에 설무검이 시체처럼 누워 있었다는 것부터 이야기를 시작했다.

　양궁표는 설무검과 가장 가깝게, 그리고 또 오랫동안 생활한 사람이다. 그러므로 설무검이 어떤 고통을 겪었는지 누구보다 잘 알고 있었다.

양궁표가 설무검의 몸속에 한 자루 검신이 찔러 넣어져서 여러 장기를 관통한 채 단전에 박혀 있었다는 사실과 오른손 힘줄이 절단되었었다는 사실을 설명할 때에는 모두들 진저리를 치며 분노가 극에 달했다.

그중에서도 여자인 고선과 보화는 더욱 비통한 표정으로 눈물을 하염없이 흘렸다.

그리고 양궁표의 결단으로 흑풍채의 돌팔이 의원 유승이라는 자와 설무검의 절단된 힘줄을 잇기 위해서 오른팔을 세로로 통째로 쪼개서 간신히, 그러나 무지막지한 방법으로 힘줄을 이었던 일.

그런 상황에서도 설무검은 절망하지 않고 오른팔에 백 근짜리 철갑을 씌운 채 이백 근이 넘는 천지검으로 불철주야 수련하면서 근력을 키우는 데에 전력을 다했던 일.

그 후 설무검과 양궁표가 결의형제를 맺었으며, 납치당한 누이동생 양연화를 구하려고 단둘이 호리채에 갔다가 누이와 부녀자들을 구해온 일.

설무검이 양궁표에게 북두신공과 초일검류를 가르치며 두 사람 모두 무공 수련에만 미쳤었던 시절의 일.

그러던 어느 날 밤 토벌대에 의해 흑풍채가 쑥밭이 되었으며, 중상을 입은 설무검과 양궁표는 경붕현에 끌려가서 결국 무투사가 될 수밖에 없었던 일 등을 양궁표는 나직한 어조로 설명했다.

양궁표의 설명이 끝나자 두 번째 정적이 흘렀다. 그 정적은 첫 번째보다 더 무거웠다.

고선과 보화는 탁자에 엎드려서 어깨를 들썩이며 흐느낌을 멈추지 않았다.

그때 염탕이 탁자 위에 올려놓은 두 주먹을 움켜쥐고 굵은 눈물을 흘리면서 자책 어린 목소리를 흘려냈다.

"제가… 바로 그 쳐 죽여도 시원치 않을 흑풍채주였습니다. 제가… 죽일 놈입니다… 저는 대형께 도움은 드리지도 못하고 오히려 대형을 괴롭히기만 했습니다……."

그러나 아무도 염탕을 욕하거나 꾸짖지 않았다.

반호는 고개를 푹 숙인 채 잠긴 목소리로 중얼거렸다.

"흑풍채를 급습했던 토벌대 대장이 저였습니다. 저는… 대형 가슴에 화살을 꽂았으며… 그분을… 무투사로 만들어 사지로 내몰았습니다."

"아, 아닙니다! 그것은 순전히 제 잘못입니다!"

순간 한 사람이 비명처럼 외쳤다.

그는 후리후리한 체구에 황의 장삼을 입은 초로인으로 서생 같았는데, 한 뼘가량의 반백의 수염을 기른 청수하고도 멋진 용모였다.

바로 과거 경붕현 군총교독이었던 오장보였다. 그는 설무검의 아우가 된 이후, 백두산 천백검문에서 사 년여 동안 실로 죽을힘을 다해서 무공 연마를 하는 동안 자연히 체중이 빠져 지금의 모습이 되었다.

"오형님에게 산적 소굴을 토벌하여 무투사로 쓰거나 노예로 팔 부녀자를 생포해 오라고 명령한 것도, 대형과 이형님을 무투사로 만든 것도 바로 접니다! 부디 용서하십시오! 아니, 제게 벌을 내려주십시오!"

그는 진정한 참회의 눈물을 하염없이 흘리면서 거듭 머리를 조아렸다.

반호는 오장보의 수하였으며 아들 같은 존재였으나, 그는 거리낌없이 오형님이라고 불렀다.

"저는… 대형을 죽이려고 했었어요."

눈물을 흘리면서 몸을 떨고 있던 단랑이 흐느낌을 삼키려고 꺽꺽거리면서 간신히 입을 열었다.

"저는… 산적인 호리채 채주의 의제였었거든요. 어줍지 않은 복수를 한답시고 대형께 칼을 휘둘렀으니… 제 죄는 결코 씻을 수 없을 거예요."

보화가 눈물을 닦을 생각도 하지 않은 채 중인을 둘러보며 입을 열었다.

"모두 지난 일이에요. 그리고 그것도 인연이기 때문에 지금 그분을 대형으로 모시고 있는 것이 아닌가요?"

고선이 힘껏 고개를 끄덕이며 말을 이었다.

"그래요! 이제부터 우리 힘껏 그분을 도와서 복수를 하고 중천무림을 되찾도록 해요!"

양궁표를 비롯한 오형제는 결연한 표정으로 뜻을 모았다.

"우리는 비록 미력하지만 대형을 위해서라면 언제든 죽을 각오가 되어 있습니다!"

"대형을 배신한 자들을 한 놈도 남김없이 천참만륙 내서 죽여야 합니다!"

"대형을 중천의 절대자 천주의 위에 오르시게 할 때까지 몸이 가루가 되도록 모시겠습니다!"

모두들 분위기가 고조되어 당장이라도 태산을 무너뜨릴 기세였다.

"그럴 필요 없다."

그때 잔잔한 음성이 들려왔다. 모두들 놀라서 쳐다보자 지하 연공실 입구 앞에 설무검이 우뚝 서 있었다.

실내의 여덟 명은 놀라서 일제히 일어섰다.

"대형! 그게 무슨 말씀이십니까? 설마 복수를 하지 않으시겠다는 것입니까?"

염탕이 크게 놀란 얼굴로 물었다.

설무검은 천천히 사람들에게 걸어오며 조용히 말했다.

"나는 기필코 복수는 할 생각이다. 그러나 중천무림의 천주가 되지는 않겠다."

"대형! 왜 그런 생각을 하신 겁니까?"

단랑이 이해할 수 없다는 듯 물었다.

설무검은 형제들과 고선, 보화, 현조운에게 둘러싸인 채 말을 이었다.

"권좌라는 것은 우물이다. 그리고 나는 우물 속의 개구리였다. 과거의 나는 우물 속에 앉아서 그 위에 작게 떠 있는 하늘 밖에 보지를 못했었다[坐井觀天]."

갑자기 좌중이 숙연해졌다.

"내가 흑풍채에서 처음 깨어났을 때에는 오로지 복수심밖에 없었다. 내 온몸과 정신이 복수심으로 뭉쳐 있었다. 나를 배신한 자들을 모두 죽일 수만 있다면, 내 목숨을 기꺼이 내놓겠다고 생각했었다."

설무검은 양궁표부터 형제들을 한 명씩 본 연후에 현조운과 고선, 보화까지 보고나서야 말을 이었다.

"그리고 너희를 만났다. 내가 만약 중천의 천주였다면 과연 너희를 만날 수 있었겠는가?"

설무검의 입가에 희미한 미소가 피어났다.

그 옛날 고선이 한 번 보고나서 밤잠을 설쳤다는 그 매혹적인 미소다.

"그래서 나는 권좌에서 쫓겨난 것이 참 다행이었다는 생각을 하게 됐다. 너희를 만난 것은 내 인생에서 최고로 잘한 일이었다."

여덟 명의 얼굴이 붉게 상기되었고, 어떤 사람은 눈물을 글썽거렸다.

그들은 각각의 표정을 지었지만 격동을 하고 있다는 공통점을 갖고 있었다.

"복수가 끝나고, 그때까지 우리가 살아남는다면, 너희가 원하는 것은 뭐든 들어주겠다."

설무검은 양궁표를 쳐다보았다.

"궁표라면 중천의 천주에 잘 어울릴 것이다."

"형님……."

양궁표는 깜짝 놀랐다.

설무검은 형제들과 현조운을 둘러보며 말을 이었다.

"너희에겐 누구도 부럽지 않을 부와 권력을 주겠다."

모두의 얼굴에 놀라움과 기대감이 가득 떠올랐다.

반호가 조심스럽게 설무검에게 물었다.

"이형님에게 천주 자리를 주고, 우리 모두에게 부와 권력을 주신다면, 대형께선 무엇을 하실 생각이십니까?"

모두들 그 점을 궁금하게 여기고 있었다.

설무검은 의자에 앉아 잠시 동안 침묵을 지키다가 조용히 입을 열었다.

"나는 무림을 떠나서 은거를 할 생각이다. 봐둔 곳이 있지. 그곳에서 자연과 벗하면서 평화롭게 살고 싶다."

고선은 환한 미소를 지었다. 그녀는 설무검이 봐둔 장소가 어딘지 알 것 같았다.

모두의 표정이 크게 변했다.

양궁표가 조용하고 공손하게 입을 열었다.

"소제에게 천주 같은 것이 무슨 의미가 있겠습니까? 소제는 형님께서 은거하시는 곳에 가족들을 데리고 함께 가겠습니다. 형님께서 계신 곳이 소제의 천하입니다."

그렇게 말한 양궁표의 만면에는 더없는 평온함이 가득했다.

그리고 형제들과 현조운, 여자들의 표정도 그와 같았다.

깨달음은 설무검에게만 있었던 것이 아닌 듯했다.

염탕이 험상궂은 인상을 쓰고 사방을 둘러보면서 주먹을 휘두르며 언성을 높였다.

"부귀와 권력 따위가 다 뭐야? 그런 것을 탐하는 사람이 있다면 형이고 아우고 내가 용서하지 않겠다!"

모두의 입가에 빙그레 미소가 떠올랐다.

단랑이 어깨의 검을 뽑는 시늉을 하며 염탕을 을러댔다.

"그럼 너부터 죽어야겠구나! 평소에 네가 입만 열면 중천 무림에서 떵떵거리며 살겠다고 떠들어대지 않았었느냐?"

"어이쿠! 사, 삼형님! 소제가 언제 그랬다는 겁니까? 살려 주십시오!"

염탕은 두 손을 모으고 빌면서 벌벌 기는 시늉을 했다.

그러자 모든 사람들이 소리 높여 웃음을 터뜨렸다.

좌중이 조용해지자 아까부터 설무검을 살피던 양궁표가 조심스럽게 물었다.

"그런데 형님, 무언가 진전이 있으셨습니까? 얼굴이 좋아 보이십니다."

설무검은 가볍게 고개를 끄덕였다.

"단전은 구 할 이상 치유됐다. 며칠 정도만 더 운공을 하면 완치가 될 게야."

양궁표를 비롯한 모두의 얼굴이 환하게 밝아졌다.

설무검은 육 년 전 중천의 절대자 시절에 공력이 이 갑자를 상회했었는데, 단전이 파훼된 후 지난 육 년 동안 새로 쌓은 공력이 팔십 년이다.

이제 단전이 완치되어 잃었던 공력을 되찾았으니 설무검은 무려 삼 갑자하고도 이십 년, 즉 이백 년이라는 가공할 공력을 지니게 된 것이다.

게다가 지금도 꾸준히 공력이 증진되고 있는 상태였다.

미상불 당금 무림에 이백 년 공력을 지닌 인물은 없거나 몇 되지 않을 것이 분명하다.

"축하드립니다! 형님!"

양궁표는 제 일인 양 진심으로 기뻐하며 허리를 굽혔다.

"축하드립니다!"

모두들 큰 소리로 설무검에게 축하의 인사를 했다.

*   *   *

설영과 단소예, 정미가 낙수를 따라 상류 쪽으로 도주하던 중에 우연히 발견한 작은 동굴 속에서 기거한 지 벌써 열흘이 지났다.

낙수의 좌측 강변에는 길이가 삼백여 장이며 폭이 삼십여 장에 달하는 제법 울창한 숲이 있다.

숲이라고는 하지만 대부분이 키 큰 갈대이며 군데군데 수령이 수백 년 이상 됐을 듯한 휘늘어진 버드나무들이 있는 정도였다.

하지만 갈대가 지독하게 밀생하여 두어 걸음 앞에 있는 물체조차 보이지 않는 정도였다. 또한 여기저기 큰 바위들이 널려 있어서 세 사람이 그 속에서 당분간 은신하기에는 적합했다.

그러나 문제는 아무래도 음식이었다. 아니, 입에 넣고 소화
시킬 수 있는 것이라면 무엇이든 필요했다.

설영과 정미는 혹독한 살수 수련을 거쳤으며, 굶는 연습도
숱하게 했기 때문에 최대한 보름 정도는 물 한 모금 마시지
않고 버틸 수가 있었다.

그것은 무조건 수련으로만 되는 것이 아니라, 특수한 방
법으로 온몸의 기능을 최저 수준으로 저하시켜서 힘의 손실
을 극소화하는 방법이었다. 그 방법을 사용하면 심지어 심
장박동이나 맥박까지도 평소의 절반 이하로 줄일 수가 있
다.

단소예는 불문(佛門)인 아미파에서 오 년 동안 생활하면서
소식(小食)이나 단식(斷食)이 몸에 배어 굶는 것에는 나름대로
자신이 있는 편이었지만 설영이나 정미와 비교할 정도는 아
니었다.

여드레가 지날 무렵부터 그녀는 똑바로 앉아 있지도 못하
고 자꾸 동굴 벽에 기댔으며, 하루가 더 지나자 아예 바닥에
길게 누워버렸다.

설영은 낙영루를 빠져나올 때 급하게 서두르느라 먹을 것
을 조금도 챙겨서 나오지 않은 것을 후회했으나 이미 지난 일
이었다.

지금 동굴 안에는 설영과 정미, 둘뿐이었다. 단소예가 위험

을 무릅쓰고 먹을 것을 구하러 두 시진 전에 떠난 것이다.

설영과 정미는 얼굴이 알려져 있기 때문에 곤란했지만, 그래도 설영은 자신이 가려고 했다.

그 사실을 알고 있는 단소예는 만약의 경우에 자신은 발각되어 붙잡히더라도 큰 문제는 없을 것이라며 부득부득 자신이 가겠다고 우겼다.

사실 그녀의 말이 백 번 옳았다. 설사 그녀가 발각되어 붙잡힌다고 하더라도 친오빠인 단해룡이 죽이기야 하겠는가.

물론 설영은 그것이 단소예가 자신을 위하는 마음이라는 것을 모를 리가 없었다.

성 내에 들어가자마자 근처의 가장 가까운 곳에서 돈을 주고 먹을 것을 구하기만 하면 될 것이라면서, 늦어도 반 시진이면 충분히 돌아올 것이라고 떠났던 단소예가 두 시진이 지나도록 돌아오지 않고 있었다.

설영은 단소예가 걱정이 되어 애가 바짝바짝 탔다. 정미도 말은 하지 않고 있었지만 몹시 걱정하고 있는 표정이 역력했다.

그녀는 이곳 동굴 속에서 보낸 지난 열흘 동안 단소예와 무척 친해진 상태였다.

두 시진 정도면 낙양 성내를 서너 바퀴 이상 돌고도 남을 시간이었다. 아직까지 돌아오지 않는 것을 보면 단소예에게 무슨 일이 생긴 것이 분명했다.

"미아, 아무래도 내가 나가봐야겠다."

마침내 설영은 같은 벽면을 등지고 나란히 앉아서 자신의 품속에 안겨 있는 정미를 굽어보며 입을 열었다.

동굴은 커다란 바위 아래에 형성되었는데, 입구는 좁지만 안으로 들어오면 항아리 모양으로 제법 넓어져서 세 명이 있기에는 충분했다.

정미는 설영의 품에서 몸을 일으켜 예상하고 있었다는 듯한 얼굴로 그를 바라보았다. 하지만 설영이 혼자 가려는 것은 예상하지 못했기에 눈을 커다랗게 떴다.

"나 혼자 여기에 있으라고?"

"그래, 둘보다는 혼자 행동하는 것이 편해. 만약 발각되더라도 나는 충분히 놈들을 따돌릴 수가 있어."

설영의 말에 정미는 말문이 막혀 버렸다.

검풍루에 있을 때 그녀는 설영의 무공이 자신보다 훨씬 높다는 사실을 인정하고 있었는데, 막상 무림에 나와 실전을 겪어보니 설영은 그녀의 눈길조차 닿지 않는 높은 경지에 도달해 있었던 것이다.

설영과 정미가 함께 나갔다가 만약 무슨 일이 생길 경우, 정미가 짐이 된다는 것은 거의 확실한 사실이다.

거기에 생각이 미친 정미는 감히 함께 가겠다는 말을 꺼낼 엄두를 내지 못했다.

"만약 무슨 일이 생기면 내가 신호를 보낼게."

설영은 정미의 뺨을 가볍게 두드려 주고는 일어섰다. 일어 선다고 해도 동굴 천장이 낮아서 다리만 펴는 것이지 허리는 잔뜩 구부리고 있어야 했다.

그때 정미가 갑자기 설영의 품에 안겨들었다.

"가만히 있어."

그녀는 자신보다 한 뼘 반 이상 키가 큰 설영의 가슴에 얼 굴을 묻은 채 나직이 속삭였다. 사실 그녀는 무엇인가 알 수 없는 불길한 예감을 느끼고 있었다.

그것이 무언지는 모르겠지만 가슴의 절반이 찢어져 나가 는 듯했으며, 왠지 이 이별이 매우 길어질 것 같다는 막연한 느낌이었다.

설영은 묵묵히 정미를 굽어보다가 잠시 후 그녀를 떼어놓 고 동굴 입구를 나왔다.

입구에는 굵기가 세 아름은 됨직한 거대한 수양버들이 버 티고 있고 휘늘어진 가지가 바닥에 닿아 있어서 천연적인 은 폐물이 되어주었다.

"영아."

설영이 버드나무가지를 젖히며 걸어나갈 때 뒤쪽에서 정

미의 목소리가 들려왔다.

설영이 돌아보자 정미는 동굴 입구에 서서 그를 말끄러미 바라보고 있었다.

설영은 가볍게 놀라는 표정을 지었다. 정미의 두 눈에 눈물이 가득 차 있는 것을 발견한 것이다.

"사랑해, 죽을 만큼."

그때 정미가 나직하지만 또렷한 목소리로 속삭였다.

설영은 대답 대신 부드러운 미소를 지어주고는 몸을 돌려 걸음을 옮겼다.

스사사사—

갈대밭에는 미풍이 불고 있었다. 갈대들이 서로 몸을 부대끼면서 잔잔한 비명을 터뜨렸다.

설영은 강둑으로 방향을 잡고 갈대숲을 빠르게 헤쳐 나가다가 곧 숲의 가장자리에 이르렀다.

그곳에서부터는 높이 오 장여에 이르는 강둑이었다. 홍수가 나면 물이 강둑의 거의 꼭대기까지 차올라 그 아래는 모두 잠겨 버린다.

지금은 늦은 오후다. 변장을 하지 않고 돌아다니는 것은 날 잡아가라고 선전하는 것이나 다름이 없었다.

하지만 설영과 정미가 준비한 면구는 한 개씩뿐이었다. 살수들은 은둔과 잠행을 하지 사파인들처럼 변장을 즐겨 하지는 않는다. 그렇기 때문에 면구를 하나만 준비했던 것이고, 역용을 위한 도구들도 갖추지 않았었다.

물론 설영은 면구를 만들 수 있었다. 여러 면구 중에서도 인피면구, 즉 사람의 얼굴 가죽을 기술적으로 얇게 벗겨내서 잘 다듬고 손질을 가한 후에 사용하는 것이 최상이다.

설영은 주변을 날카롭게 쓸어본 후 아무도 없음을 확인하고 즉시 강둑 위로 신형을 날렸다.

강둑 너머에 뭐가 있는지 모른다. 그러나 엄폐물이 없고 사방이 툭 트였을 것이 거의 분명하다.

설영은 반드시 둑 너머로 가야만 한다. 그곳이 성내 거리이기 때문이다. 그러므로 둑을 넘다가 만약 모습이 노출되더라도 어쩔 수 없는 일이다.

최대한 잠행, 은둔술을 발휘하겠지만, 나머지는 운에 맡기는 수밖에 없다.

사사사―

설영이 움직이는 소리와 갈대가 부대끼는 소리는 구별이 가지 않았다. 그는 한줄기 살랑거리는 미풍처럼 두어 번 호흡할 사이에 강둑 위에 도달했다.

무릎과 허리를 잔뜩 굽혀서 가슴과 바닥의 높이가 두 자에도 미치지 못했다.

그의 예상이 맞았다. 강둑 위에는 무릎 높이의 짧은 풀들이 무성하게 자라 있었지만 몸을 숨기는 데에는 전혀 도움이 되지 않았다.

주위를 재빨리 살피던 설영이 가볍게 움찔했다.

강둑 위에 왼쪽으로 칠팔 장가량 떨어진 곳과 오른쪽으로 십오륙 장 거리에 각각 한 명씩의 무사가 서서 주위를 경계하고 있는 모습이 보였다.

그들은 폭 삼 장여의 강둑 한복판에 서 있었기 때문에 그곳에서는 강둑의 턱 때문에 갈대숲은 보이지 않고 유유히 흐르는 강만 보일 뿐이었다.

만약 그들이 강변 쪽 강둑 끝에 서 있었다면 설영은 강둑에 올라서지도 못했을 것이다.

그러나 지금 이 순간 그들이 이쪽을 쳐다본다면 설영은 즉시 발견될 것이 분명했다. 그렇지만 다행히도 다른 곳을 쳐다보고 있었다.

운이 좋았다.

순간 왼쪽에 있는 무사가 막 설영 쪽으로 고개를 돌리고 있는 것이 보였다.

설영은 지면을 박차고 힘차게 앞으로 쏘아나갔다. 그는 한 줄기 바람이 되어 강둑 위를 낮게 스쳐 갔다.

그리고 무사가 쳐다보았을 때, 그곳에 설영은 없었다. 설영이 스쳐 지나가면서 풀잎을 잔잔하게 흔들었지만 무사는 그것까지 발견하지는 못했다.

무사는 강 상류 쪽 시선이 닿는 곳에서부터 강과 강변, 그리고 강둑에 이어서 성내 쪽을 한 바퀴 빙 돌면서 쳐다보는 중이었다.

그가 강둑을 지나 성내 쪽으로 시선을 주었을 때에 설영은 이미 강둑 너머의 집들이 시작되는 곳 사이로 뻗은 골목 끝 대로변에 도달해 있었다.

무사가 골목을 쳐다봤지만 골목의 중간이 완만하게 굽어 있어서 그 끝에 있는 설영이 보이지 않았다.

설영은 전력을 다해서 달려 골목 어귀에 이르러 급히 멈춘 후 재빨리 대로의 좌우를 쓸어보았다.

대로에는 사람들이 많이 오가고 있었다. 그리고 다행히 무사들의 모습은 보이지 않았다.

그는 즉시 골목에서 천천히, 그리고 태연하게 걸어나와 사람들 속으로 스며들었다.

현재 그는 맨얼굴이며, 중년 서생으로 변장했을 때의 복장에다가 어깨에는 검이 없었다. 낙화귀에게 제압되면서 뺏겼기 때문이다. 그러나 허리에 요대처럼 차고 있는 연검이 있었다. 그는 연검 역시 검처럼 다룰 수 있었다.

행인들 속에 섞여 걸어가면서 눈으로는 날카롭게 주위를 살피고, 귀로는 온갖 소리들을 감지하는 설영은 이것저것 생각할 겨를이 없었다.

시간이 지날수록 단소예가 무사할 것이라는 가능성이 점점 희박해지고 있었다.

대체 어디에서 그녀를 찾아낼 것인가?

대로에 사람이 지나간 것은 강물 위로 갈대 잎 하나가 떠내려간 것과 같아서 흔적을 남기지 않는다.

하지만 설영은 단소예의 목적이 먹을 것을 구하러 나간 것임을 잊지 않았다.

그는 행인들과 보조를 맞춰서 걸으면서 재빨리 대로의 양편을 훑어보며 근처에 주루나 먹을 것 따위를 파는 집이 있는지 살폈다.

문득 그의 시선이 한 곳에 머물렀다. 오른편에 줄지어 늘어서 있는 많은 점포들 가운데 하나인데, 만두와 전병(煎餠) 따위를 파는 집이었다.

그런데 그 점포는 만두를 찌는 커다란 솥이 바닥에 내동댕이쳐져 있고, 좌판이 엎어졌으며, 으깨어진 만두 수십 개가 바닥에 어지럽게 흩어져 있었다.

설영의 시선이 점포 앞쪽 바닥을 향했다. 여기저기 채 마르지 않은 피가 번져 있었으며, 흥건하게 고인 곳도 있었다. 얼마 전에 싸움이 벌어졌던 것이 분명했다.

평범한 주인 부부로 보이는 두 사람은 치울 엄두를 내지 못하고 점포 입구에 황망한 표정을 지은 채 나란히 퍼질러 앉아 있었다.

설영은 두 번 생각할 것도 없이 그곳으로 빠르게 다가가 주인 남자에게 물었다.

"무슨 일이 있었소?"

그러나 주인 남자는 설영을 힐끗 쳐다볼 뿐 오만상을 쓰며 대꾸하지 않았다. 만사가 귀찮다는 뜻이다.

툭!

설영은 즉시 그의 발 앞에 어린아이 주먹 절반만한 은원보 하나를 던졌다.

그러자 주인 부부의 얼굴에 놀라움이 물들더니, 여자가 허겁지겁 은원보를 집어 들고는 팔꿈치로 주인 남자의 옆구리를 마구 찔렀다.

은자 이십 냥에 해당하는 은원보의 위력은 즉시 나타났다. 주인 남자는 벌떡 일어나서 두 손을 앞에 모으고 더할 수 없이 공손하게 설명했다.

"반 시진 전에 웬 젊고 아리따운 처자 한 분이 만두를 사러 왔었는데, 갑자기 낙성보의 무사들이 들이닥쳐서 처자를 잡으려 했습니다요! 그래서 싸움이 벌어졌고, 결국 이 지경이 되고 말았습죠! 네!"

"여자는 잡혔소?"

"웬 걸입쇼? 처자가 보통 강한 게 아니더라구요! 무사 대여섯 명을 순식간에 쓰러뜨렸는데, 또다시 무사들이 떼로 몰려들자 한동안 싸움이 계속되다가 갑자기 처자가 저쪽으로 도망쳤습니다요!"

주인 남자는 손짓 발짓에 침을 튀겨가면서 설명하다가 대로의 서쪽을 가리켰다.

"얼마나 됐소?"

"약… 이각 정도……."

주인 남자는 다음 말을 잇지 못하고 눈을 커다랗게 떴다. 설영이 이미 그가 가리킨 방향으로 오륙 장이나 쏘아가고 있는 것을 보았기 때문이다.

질풍처럼 쏘아가던 설영은 움찔 가볍게 놀라며 속도를 늦추었다. 느린 물결을 이루면서 진행하고 있는 행인들 속에서 빠른 속도로 달리는 그의 모습은 눈에 띌 수밖에 없었다.

그는 잠시 갈등했다.

'지금은 내 안위를 염려할 때가 아니다!'

그리고는 결정을 내렸다. 단해룡이 친오빠라고는 하지만, 큰일을 저지른 단소예를 내버려 둘 리가 없었다.

아니, 그보다 더 큰 이유는, 다시는 단소예와 헤어질 수 없다는 것이 설영의 마음속에서 더 크게 작용했다.

단소예는 설영이 가슴속에 품고 있는 유년 시절의 유일한
추억이었다.

설영은 늦추었던 속도를 다시 높이기 시작했다. 달리는 것
같더니 어느새 사람들의 머리 위에서 막 발사된 화살처럼 무
서운 속도로 쏘아져 갔다.

그러나 그의 염려는 기우에 그쳤다. 경공을 전개하면 눈에
쉽게 띄는 법이지만, 지금은 그런 상황이 아니었다.

그가 대로를 따라 오십여 장쯤 나아가자 길을 가던 사람들
거의 모두가 전면을 향해 힘차게 달려가고 있었다.

그런 광경이 벌어지는 것은 두 가지 경우일 때만 가능하다.
불구경과 싸움구경이 그것이다.

그러므로 사람들은 자신들의 머리 위로 쏘아가고 있는 설
영을 미처 보지 못했다. 아니, 더러 보는 사람도 있었지만 가
볍게 놀라는 정도지 별로 신경을 쓰지 않았다.

또한 설영을 발견할 무사들도 없었다. 아마도 앞쪽에서 벌
어지고 있을 싸움에 가담했거나, 그렇지 않더라도 그곳에 모
여 있을 것이기 때문이다.

'소예다!'

그렇게 확신한 설영은 가일층 공력을 높여 쏘아갔다.

과연 그의 짐작은 맞았다.

대로의 한복판에는 지금 전쟁터를 방불케 할 만큼 치열한

싸움이 벌어지고 있는 중이었다.

구름처럼 몰려든 구경꾼들은 구경하기에 좋은 자리를 잡느라 여념이 없었다.

第四十八章
낙성구궁검진(落星九宮劍陣)

백의 경장 차림에 어깨에는 검을 메고 있는 장한 한 명이 동방객잔 옆문으로 들어서더니 빠르게 후원의 육각형 별채로 향했다.

"문주(門主), 싸움이 벌어졌습니다!"

실내에는 양궁표와 단랑, 반호, 오장보, 고선이 진지한 얼굴로 대화 중이었는데, 안으로 들어선 장한은 양궁표에게 공손히 보고했다.

설무검 일행은 사 년여 동안 백두산 천백검문에서 무공연마를 하는 동안 그 문파 사람들과 많이 친해졌다. 특히 설무검은 천백검문 문주이며 고선의 사부인 천뢰환선(天雷桓仙)과 이십오 세라는 나이를 초월한 돈독한 우정을 쌓게 되었다.

설무검이 백두산을 떠나올 때 천뢰환선은 선뜻 일류고수 수준의 삼십 명의 제자들을 딸려 보냈다. 그들 중에는 천백검문의 최정예인 일대제자가 다섯 명, 이대제자가 이십오 명이다.

보화는 설무검이 돌아올 것에 대비하여 옛 경붕현 군총 자리에 이십여 채의 웅장한 전각들과 연무장, 연공실 등을 완벽하게 갖추어 놓았었다.

설무검은 그곳에 문파를 개파한 후 대대적으로 제자들을 모집했었다.

경붕현이 있는 지역은 열하성에 속하며 찰합이성과의 경계로서 몽고고원의 서북단에 해당한다. 관할상으로 북천무림의 세력권이라고는 하지만 워낙 멀고 깊은 오지라서 그들의 손길이 전혀 미치지 않는 이점을 지니고 있었다.

더구나 집단이라면 군대나 산적들 뿐 변변한 방, 문파조차 없는 무림의 변방 지역이다. 그래서 무공이나 무림에 뜻은 있으나 방, 문파가 없어서 날개를 펴보지도 못한 청년들이 부지기수였다.

그런 곳에 문파를 개파했으니 순식간에 사람들이 구름처럼 모여드는 것은 너무도 당연했다.

설무검은 남녀는 구분하지 않되 나이를 이십 세에서 삼십

세까지로 엄격하게 정했다. 또한 총인원 이백 명을 모집하는
데, 무공을 삼 년 이상 배운 사람과 초보자를 각각 백 명씩 선
별했다.

그렇게 해서 열하성 북부 경붕현에 칠의문(七義門)이 탄생
했다.

'칠의'는 설무검과 다섯 형제, 그리고 현조운 도합 일곱 명
의 '의기로움'을 뜻한다.

설무검과 형제들은 그곳에서 넉 달 동안 문파의 기틀을 튼
튼히 다지는 한편 입문한 제자들에게 북두신공과 초일검류의
기초를 가르쳤다.

이후 양궁표와 단랑은 설무검의 명을 받아 금호방이 있는
개봉으로 먼저 출발했다.

그리고 같은 날에 설무검은 현조운과 반호를 데리고 경붕
현을 떠났다.

설무검이 양궁표와 함께 행동하지 않은 것은 따로 볼일이
있었기 때문이다.

경붕현에는 염탕과 오장보가 남았는데, 칠의문의 뒷정리
와 초보 입문자들의 교육을 위해서였다.

이윽고 칠의문은 천백검문에서 데리고 온 제자들에게 맡
기고 염탕과 오장보마저 경붕현을 떠나 이곳 낙양으로 오면
서 천백검문의 일대제자 세 명과 이대제자 열 명, 칠의문의

제자 다섯 명을 데리고 왔었다. 이곳에서 자질구레한 일들을 시키기 위해서였다.

데리고 온 칠의문의 제자 다섯 명은 입문하기 전부터 어느 정도 무공을 배운 상태로, 무림에서는 이류 정도의 수준으로 분류될 정도였다. 그들은 칠의문에서 북두신공과 초일검류를 배우면서 진전이 가장 빠르고도 영민한 청년들이었다.

염탕과 오장보는 그들을 가까이에 두고 가르치면서 장차 칠의문의 기둥으로 키우려는 의도를 갖고 있었다.

지금 들어선 백의 경장을 입은 장한은 천백검문의 일대제자로서 명한(明韓)이라는 이름을 지녔으며, 고선처럼 옛 고구려의 후예다.

천백검문은 문주부터 제자들까지 오직 고구려인들로만 이루어졌다. 그러므로 그들은 중원의 문파라기보다는 고구려의 문파라고 봐야 옳았다.

"싸움이라니?"

양궁표가 앉은 채 일대제자 명한을 돌아보며 물었다.

설무검은 양궁표를 칠의문의 문주로 임명했다. 양궁표는 펄쩍 뛰면서 극구 사양했지만, 설무검의 뜻이 워낙 완강해서 결국 문주의 위를 받아들일 수밖에 없었다.

이곳에 데리고 온 천백검문의 이대제자 열 명은 다섯 명씩

이 개 조를 이루어 반나절씩 돌아가면서 중천오세를 감시하는 임무를 수행하고 있는 중이다.

명한은 하루에 서너 차례 그들을 둘러보면서 별다른 이상이나 보고사항이 없는지 순찰을 돈다. 그는 지금도 순찰을 나갔다가 돌아오는 길이었다.

"이곳에서 멀지 않은 곳에서 큰 싸움이 벌어졌는데, 낙성검가의 검수들이 한 소녀를 집중 공격하고 있습니다."

낙성검가라는 말에 양궁표가 가볍게 안색이 변하여 자리에서 일어나자 모두 따라서 일어났다.

"그 소녀가 누구냐?"

"구경꾼들 말에 의하면 낙성검가 가주의 여동생이라고 합니다. 그래서인지 낙성검수들은 공격을 하면서도 맹공을 퍼붓지는 못하는 것 같았습니다."

양궁표의 얼굴에 의아함이 떠올랐다.

'낙성검수들이 무엇 때문에 느닷없이 백주대로에서 소가주를 공격하고 있다는 말인가? 혹시 낙성검가에 끌려간 살수와 연관이 있는 것은 아닐까?

양궁표는 굳은 표정으로 낙성검가 소가주라는 소녀와 설영을 연관시켜 보려고 애를 썼다.

양궁표는 낙성검가라는 말을 듣는 것만으로도 반사적으로 설영을 떠올리고 있었다. 그만큼 설영이라는 존재는 그에게 깊이 각인된 존재였다.

"명한 사형, 낙성검수들이 몇 명이나 되죠?"

고선이 긴장된 얼굴로 명한에게 물었다.

고선은 천백검문 문주 천뢰환선의 하나뿐인 제자이고, 명한은 천뢰환선의 사제의 대제자였으므로 배분상으로 고선의 사형이 된다.

"응. 대략 육칠십 명 정도 되는데, 잠시 지켜보고 있는 동안에도 계속 불어나고 있더군."

소가주 한 명을 잡는데 육칠십 명의 낙성검수가 공격을 하고 있다고 한다. 아니, 그녀를 공격하는 무사들은 많아야 십여 명 정도일 테고, 나머지는 그녀가 도망가지 못하도록 겹겹이 포위를 하고 있을 것이다.

무슨 일인지는 몰라도 소녀는 낙성검가에 중대한 잘못을 저지른 듯했다. 그래서 결사적으로 돌아가지 않으려 하고, 낙성검수들은 데려가려고 하는 것일 게다.

"가자."

양궁표가 지체없이 입구로 향하자 명한이 즉시 앞장섰고, 그 뒤를 고선, 단랑, 반호, 오장보가 따랐다.

설영은 자신의 눈앞에 벌어진 광경을 보고 한순간 어이가 없는 표정을 지었다. 수백 명의 구경꾼들이 폭 칠팔 장의 넓은 대로를 가득 메운 채 겹겹이 커다란 원을 형성한 상태였기 때문이다.

아무리 사람들의 심리가 싸움 구경이라면 자다가도 일어나서 구경한다지만 이건 해도 너무했다.

설영은 즉시 대여섯 겹의 구경꾼들을 헤치고 안쪽으로 파고들었다.

그랬더니 이번에는 구경꾼들과 일 장여의 간격을 두고 낙성검수 사오십 명이 하나의 큰 포위망을 형성하고 있어서 구경꾼들이 더 이상 접근을 하지 못하고 있었다.

차차차차창!

그리고 그 안쪽에서 요란하게 무기 부딪치는 소리가 터져 나오고 있었다.

설영이 포위하고 있는 낙성검수들 사이로 재빨리 안쪽을 살펴보자 십오륙 명의 낙성검수들이 누군가를 맹렬히 공격하고 있었다.

얼핏 그들 사이로 단소예의 모습이 보였다.

'소예!'

분명히 단소예였다.

아주 잠깐 봤지만 헝클어진 머리카락에 옷이 찢어졌고, 몸 여기저기에 상처를 입었으며 몹시 지친 모습으로 검을 휘두르고 있었다.

그때 단소예의 모습이 또다시 보였다. 그런데 이번에는 단소예가 아니라 그녀의 왼팔과 그 손에 쥐어져 있는 하나의 꾸러미만 살짝 보였다.

꾸러미를 발견한 순간 설영은 가슴이 콱 미어졌다. 설영은 그것이 무엇인지 한눈에 알아보았다. 아마도 꾸러미 안에는 만두가 들었을 것이다. 단소예는 그것을 사서 돌아서다가 낙성검수들에게 발각되어 싸움이 벌어졌을 것이다.

치열하게 싸우면서도 지금까지도 끝끝내 꾸러미를 놓치지 않고 있는 그녀였다. 이런 상황에 처했으면서도 그녀는 그 속에 든 만두를 설영과 정미에게 먹일 생각을 하고 있는 것이었다.

아마 그녀는 아직 만두를 한 개도 먹지 않았을 터이다. 먹을 여유가 있었겠는가. 아니, 여유가 있었더라도 그녀는 자신 먼저 먹지 않았을 터이다. 자신도 열흘씩이나 굶었으면서 설영과 정미부터 생각하고 있는 그녀였다.

검을 휘두를 때 왼손이 자유롭지 못하면 얼마나 불리한지 잘 알고 있는 설영이다.

낙성검수들이 포위하고 있는 포위망 바깥쪽에는 십이삼 명의 낙성검수들이 피를 흘리면서 주저앉아 있거나 쓰러져 있었지만 죽은 사람은 한 명도 없었다.

그들은 한결같이 검을 잡는 오른손이나 발이 베어져서 지금 당장 싸울 수 있는 처지가 아니었지만 목숨에는 지장이 없었다.

잡으려고 하는 사람들은 낙성검수들이고, 잡히지 않으려고 하는 사람은 소가주다. 즉, 그들 모두가 한집안 식구들이라는 얘기다. 그러므로 그들이 상대를 죽이는 일은 여간해서는 벌어지지 않을 것이다.

그때 무엇을 발견했는지 설영의 두 눈에서 새파란 불꽃이 확 뿜어졌다. 그의 눈길이 고정된 곳에는 장도명과 함붕이 나란히 서서 싸움을 지켜보고 있었다.

'장도명!'

설영의 추측이 정확했다. 역시 혈월단주인 장도명이 낙화귀를 사주한 것이었다.

장도명을 쏘아보는 설영의 두 눈에서 무시무시한 살기가 줄기줄기 뿜어졌다. 그는 당장이라도 장도명에게 덮쳐가서 목을 베고 싶은 것을 안간힘을 다하여 꾹꾹 눌러 참았다.

그때 장도명이 무심코 이쪽을 쳐다봤다.

순간 설영은 급히 고개를 돌리면서 재빨리 뒷걸음질 쳐서 구경꾼 속에 파묻혔다.

'지금은 소예를 구하는 것이 먼저다. 네놈의 목숨은 나중에 거두어주마!'

설영은 공력을 극한으로 끌어올리며 구경꾼들에게서 벗어

나 포위하고 있는 낙성검수 쪽으로 다가갔다. 그는 오른손으로 허리의 연검을 잡은 채 똑바로 포위망을 향해 걸어갔다.

그때 낙성검수 한 명이 힐끗 고개만 돌려 뒤를 돌아보다가 설영을 발견하고 몸을 돌려 손을 뻗으며 뭐라고 말하려 했다.

두 사람의 거리는 반 장 남짓.

순간 설영이 상체를 앞으로 숙이면서 화살처럼 쏘아가 그를 향해 슬쩍 손을 뻗었다가 거두었다.

단지 그것뿐이었다. 그 빠른 순간에 설영의 허리에서 연검이 풀어져 낙성검수의 심장에 깊은 구멍을 뚫고 다시 회수되어 설영의 손목에 감겨진 것이었다.

삭!

작은 음향이 낙성검수의 심장 부근에서 흘러나왔지만 옆에 있는 동료조차도 듣지 못할 만큼 극히 미약했다.

낙성검수는 그 자세 그대로 멈춰야만 했고, 한마디도 내뱉지 못한 채 두 눈을 부릅떴다.

설영이 스쳐 지날 때 그의 몸이 기우뚱 뒤로 쓰러지기 시작했다.

쿵!

그가 둔탁한 소리를 내며 쓰러졌다.

그때 설영의 몸은 이미 격전장을 향해 일직선으로 빛처럼 빠르게 쏘아가고 있었다.

장도명은 포위하고 있는 낙성검수들 틈에서 한 인영이 격전장을 향해 쏜살같이 쏘아가는 것을 발견했다.

순간 그의 안색이 급변했다.

'저놈!'

몇몇 낙성검수들이 설영을 발견했지만 어떤 조치를 취하기도 전에 어느새 그는 연검을 번개같이 휘두르면서 앞을 가로막고 있는 낙성검수들을 찌르고 또 베고 있었다.

사사삭!

순식간에 두 명의 낙성검수가 미간이 찔리고 목이 베어지며 뻣뻣하게 굳었다.

단소예는 차마 한집안 식구인 낙성검수들을 죽이지 못하지만 설영은 아니다. 단소예를 구할 수만 있다면 천 명, 만 명의 낙성검수라도 베어서 쓰러뜨릴 수 있는 그였다.

낙성검수들이 분분히 놀랄 때 설영은 마침내 단소예 앞에 당도했다.

"앗!"

단소예는 정신없이 검을 휘두르던 중에 갑자기 자신에게 쏘아오는 한 인영을 향해 검을 찔러가다가 뒤늦게 그의 얼굴을 발견하고 소스라치게 놀랐다.

"영아!"

"소예야!"

설영을 소리쳐 부르는 그녀의 얼굴에는 더할 수 없는 기쁜 표정이 가득 떠올랐다. 마치 죽은 부모가 살아서 돌아왔을 때의 표정이었다.

그러나 단소예를 가까이에서 본 설영의 얼굴이 보기 싫게 일그러졌다. 그녀가 먼발치에서 얼핏 봤을 때보다 훨씬 더 형편없는 몰골이었기 때문이다.

낙성검수들은 처음에 단소예의 몸에 상처 하나 입히지 않으려 했을 것이다. 그러나 아미파 장문인의 제자인 그녀의 실력은 일류고수 수준을 훨씬 뛰어넘는 것이었다. 그런 그녀가 맹렬하게 저항을 했다. 그녀는 죽으면 죽었지 잡혀갈 수는 없었으므로 결사적이었다.

그렇게 시간이 흐르고, 동료들이 부상을 당해 여기저기에서 피를 뿌리면서 마구 쓰러지는 광경을 보자 낙성검수들도 차츰 이성을 잃기 시작했다.

소가주를 차마 죽이지는 못한다 하더라도 부상 정도는 입힐 수 있지 않겠느냐고 생각하게 된 것이다.

시간이 흐를수록 싸움은 더욱 격렬해졌으며, 단소예는 낙성검수들 이십여 명에게 부상을 입힌 대신 자신 역시 팔다리와 등허리, 어깨, 가슴 등 십여 군데에 크고 작은 검상을 무수히 입게 되었다.

갑자기 나타난 설영 때문에 낙성검수들의 공격이 한순간 주춤 멈춰졌다.

"왜 왔어?"

단소예의 얼굴에 떠올랐던 기쁜 기색이 거짓말처럼 사라지고, 대신 책망의 표정이 떠올랐다.

이런 곳에서, 그리고 절박한 상황에서 설영을 만난 것은 더없이 반가운 일이지만, 그가 제 발로 나타난 것으로도 모자라서 포위망 안에까지 들어와 버렸다는 사실을 한발 늦게 깨달은 단소예였다.

설영은 단소예가 잘근 입술을 깨무는 것을 보았다.

다음 순간 단소예는 설영의 왼손에 만두 꾸러미를 쥐어주는 것과 동시에 그의 한쪽 어깨를 움켜잡고 힘껏 허공으로 집어 던졌다.

그러나 뜻밖에도 설영은 꿈쩍도 하지 않았다. 그는 단소예가 입술을 깨무는 것을 발견한 순간 그녀의 의도를 눈치 챘던 것이다.

그 대신 이번에는 설영이 왼손을 뻗어 단소예의 허리를 덥석 안고는 그녀가 미처 반응을 보이기도 전에 즉시 허공으로 신형을 날렸다.

"잡아라! 절대 놓쳐서는 안 된다!"

함붕이 허공으로 솟구치는 설영을 향해 쏘아가면서 쩌렁

하게 외쳤다.

그러나 장도명은 그 자리에서 꼼짝도 하지 않았다. 자신이 나설 자리가 아니라고 판단한 것이다. 괜히 나섰다가 재수가 없어서 다치거나 죽기라도 하면 자기 손해이기 때문이다.

처음에 그는 낙성검가 소가주인 단소예가 설영을 구해서 탈출했다는 말을 듣고 어이가 없었다. 그리고 아무리 머리를 싸매고 생각해 봐도 그 상황이 이해되지 않았었다.

이해되지 않는 것은 지금 역시 마찬가지였다. 낙성검가의 소가주라는 지고한 신분의 소녀와 살수가 대체 무슨 관계라는 말인가?

그런데 방금 단소예와 설영의 대화를 들어보니 그 둘은 이미 예전부터 알고 있는 사이인 것 같았다. 그것도 서로의 이름을 거침없이 부를 만큼 가까운 사이가 분명했다.

어떤 연유인지는 모르겠지만, 설영과 단소예는 이미 예전부터 알고 있던 사이다. 그런데 설영이 낙성검가에 붙잡혀 온 것을 단소예가 우연히 알게 됐다. 그래서 그녀는 가문을 버릴 각오를 하고 설영을 구해서 탈출했다라고 장도명은 비로소 추측하게 되었다.

'아니, 가문을 버릴 정도면 그저 가까운 사이가 아니다! 그보다 훨씬 더 끈끈한 사이일 터!'

설영은 단소예를 안고 한 번 도약으로 허공을 비스듬히 칠팔 장이나 날아서 대로변의 어느 건물 지붕에 내려서자마자 쏜살같이 달려나갔다.

그렇지만 낙성검수들은 호락호락하지 않았다. 그들은 어느새 설영이 달려가는 전면에 나타나 가로막았다.

설영의 공력이 이 갑자에 달하고 경공이 제아무리 탁월하다고 해도 단소예를 안고 있으니 혼자일 때보다 늦을 수밖에 없었다.

게다가 낙성검수들은 미리 도주할 것을 대비하여 포위망을 넓게 쳐두고 있었다.

그렇기 때문에 설영이 칠팔 장을 날아가는 것에 비해서 그들은 단지 이삼 장만 날아올랐어도 그를 가로막을 수 있었던 것이다.

설영이 전면을 막아선 낙성검수들을 피해서 급격하게 오른쪽으로 방향을 꺾자 그곳도 낙성검수들이 막 가로막고 있는 중이었다.

재빨리 주위를 둘러보니 전후좌우 사방을 낙성검수들이 엄밀하게 포위해 버린 상태였다.

그뿐이 아니었다. 허공에서 함붕을 비롯한 십여 명의 낙성검수들이 설영과 단소예를 향해 독수리처럼 내려꽂히고 있었다.

과연 낙성검가의 명성은 그저 얻어진 것이 아니었다. 그들의 반응은 놀랄 만큼 신속했으며 일사불란했다. 또한 지금 공격해 오고 있는 열 명의 몸놀림으로 보아 단소예를 상대할 때의 손속에 사정을 두었던 모습이 아니라 진짜 실력을 발휘하는 것 같았다.

"영아……."

단소예는 초조하게 설영을 불렀다.

갑작스레 후회가 파도처럼 엄습했다. 자신이 먹을 것을 구하러 나오지 않았더라면, 만두를 사면서 조금 더 조심했더라면 설영까지 위험에 빠뜨리지는 않았을 텐데, 하는 후회였다.

사실 그녀가 먹을 것을 구하러 나온 것은 자신이 배고파서가 아니었다. 자신이 이렇게 배가 고프면 설영은 얼마나 배가 고플까 하고 생각하니 더 이상 견딜 수가 없었던 것이다.

어렸을 때부터 자기 자신보다는 설영을 더 챙겼던 단소예가 아니었던가. 그것을 모를 리 없는 설영이었다.

타앗!

생각하고 자시고 할 여유가 없었다.

설영은 단소예의 허리를 잡은 팔에 힘을 주면서 왼쪽의 낙성검수들을 향해 곧장 부딪쳐 갔다. 빠르게 살펴본 결과 그쪽이 그중 약해 보였기 때문이다.

쐐액!

그의 오른손에서 연검이 육안으로는 보이지 않을 정도로

쾌속하게 뿜어졌다.

살수의 검법은 결코 현란하지도 다변(多變)도 아니다. 또한 일체의 방어 초식이 없다.

오직 일검필살(一劍必殺)이다.

그래서 그 일검이 실패하면 위기가 닥친다. 그러므로 그 일검에 전력을 쏟아 부어야만 한다. 적을 죽이지 않으면 내가 죽는 것이다.

촌각을 반으로 쪼갠 사이에 설영의 검이 전면을 가로막은 자들 중에 두 명을 향해 비사(飛蛇)처럼 영활하게 쏘아갔고, 그들 두 명은 설영의 공격이 워낙 빨라 미처 피하기도 전에 당하고 말았다.

한 명은 목 한복판이 찔렸고, 또 한 명은 목이 베어졌다.

살수지검에 일단 찔리면 부상이 없다.

오직 죽음. 그것도 즉사뿐이다.

그러나 살수지검에는 두 가지 치명적인 약점이 있다.

방어할 수 없다는 것, 그리고 한꺼번에 다수를 상대할 수 없다는 것이다.

방금 설영은 한 번에 한 번밖에 할 수 없는 공격을 동시에 세 차례를 연이어서 전개했다.

살수지검은 구 할이 찌르기다. 그것이 가장 확실한 필살수 단이기 때문이다.

하지만 찌르기는 검을 깊이 찔렀다가 다시 뽑아야만 한다. 거기에서 시간이 지체될 수밖에 없다.

설영은 깊이 찔러 넣은 검을 뽑는 것과 동시에 전력을 다해 그 옆에 있는 또 한 명의 목을 베었던 것이다.

한 번에 두 명.

그것이 살수지검의 한계였다.

그렇지만 다른 살수였다면 한 번에 한 명밖에 죽이지 못했을 것이다.

설혹 천하제일의 실력자라고 하더라도 한 번 공격을 한 직후에서 다음 공격으로 이어지는 사이에는 반드시 빈틈이 생기기 마련이다.

지금 설영이 그런 상황이었다.

쐐애액!

쉬이익!

그가 미처 연검을 회수하기도 전에 양쪽에 있던 낙성검수들이 맹렬하게 공격해 왔다. 빈틈을 정확하게 노린 공격이었다. 그들은 어중이떠중이가 아닌 낙성검가의 일급검수들이었다.

설영은 가볍게 움찔 당황했다.

그것이 설영과 한 몸처럼 움직이고 있는 단소예의 눈에 보이지 않을 리가 없었다.

"날 놔줘!"

순간 단소예가 가볍게 몸을 뒤채면서 나직이 외쳤다.

설영이 왼팔로 그녀의 몸 오른쪽을 안고 있었기 때문에 오른팔이 자유롭지 않은 상태라서 검을 조금도 사용할 수 없는 그녀였다.

자신이 설영을 도우면 낙성검수, 아니, 적을 한 명이라도 더 쓰러뜨릴 수 있다고 생각하는 단소예였다.

그러나 설영은 그녀를 놔주지 않고 오히려 더욱 힘주어서 안았다. 그녀를 놓아주면, 자칫 그녀가 위험에 빠질 경우 그녀를 구하려다가 지금보다 더한 위기를 초래할 수도 있다고 판단했기 때문이다.

그런 점에서는 설영의 생각이 단소예를 앞서고 있었다.

스웃!

위급한 순간, 설영은 순간적으로 뒤로 미끄러지듯이 일 장쯤 물러나는 것 같더니 번쩍 허공으로 몸을 솟구쳤다.

경황 중에도 단소예는 지금 설영이 전개하는 경공이 아미파에 현존하는 최고의 경공인 유운비화와 흡사한 그 수법이라는 것을 알아보았다.

슈슈슛!

지붕에서 순식간에 이 장 높이로 솟구친 설영은 연검으로 번개같이 허공의 네 방위를 가리킨 후 부채로 바람을 일으키

듯이 휘둘렀다.

쏴아아아!

그러자 눈부신 자색의 빛살들이 소나기처럼 좌우로 쏟아져 갔다. 그 빛살들은 모두 네 줄기였으며, 그것들이 뿜어지는 방향에는 설영과 단소예를 공격해 오는 낙성검수들 중에서 가장 가깝게 쇄도한 네 명이 있었다.

설영이 전개한 검법은 하늘에서 한 가지 색깔의 무지개가 펼쳐져 내리는 것처럼 아름답기까지 했다.

퍼퍼퍼퍽!

네 줄기의 빛살은 좌우에서 쇄도하던 낙성검수 두 명의 머리를 관통했고, 나머지 두 명은 각기 심장과 목 한복판이 관통됐다. 그들의 적중된 부위는 각기 달랐지만 즉사했다는 공통점을 갖고 있었다.

'설마 방금 그것은…….'

그 순간 단소예는 자신의 눈을 의심했다.

아미파에는 실전된 절학이 여러 개가 있는데, 일단 그것들이 전개되면 어떤 광경이 펼쳐지고, 또 어떤 결과를 초래하는지에 대해서는 지금까지도 전해져 내려오고 있으며, 단소예도 들어서 잘 알고 있었다.

'맙소사! 설마 말로만 듣던 자우파풍검법인가?'

단소예가 크게 놀라고 있을 때 설영은 확인이라도 시켜주려는 듯 비스듬히 하강하면서 또다시 방금 전의 그 검법을 전개했다.

파아아!

설영이 연검을 떨치자 검첨에서 순간적으로 세 송이의 자색 꽃이 피어나는 듯했다.

그 세 송이 자색의 꽃은 워낙 찰나간에 피었다가 져버려서 안목이 여간 빠르지 않고는 발견할 수 없을 정도였다.

세 송이 자색의 꽃송이는 검첨에서 피어나는 것과 동시에 검이 가리킨 허공의 세 방향으로 뿜어지는 과정에서 시들어 버리는가 싶더니 허공의 세 점에 구멍이 생기면서 그곳에서 자색의 빛살이 지상으로 번갯불처럼 쏘아져 내렸다.

그것은 마치 제 살을 찔린 허공이 피를 뿜어내는 것 같았으며, 지상을 향해 부챗살처럼 쏟아져 내릴 때에는 무지개처럼 아름다운 광경이었다.

단소예는 두 번째에는 눈도 깜빡이지 않은 채 설영이 검법을 펼치는 과정을 하나도 놓치지 않고 보았다. 그녀의 눈이 잘못됐을 리가 없었다. 그것은 틀림없는 자우파풍검법이었다.

자우파풍검법을 전개하려면 기본적으로 아미파의 금정대신공을 익혀야만 한다. 뿐만 아니라 금정대신공 총 십 단계 중에서 칠 단계 이상을 터득해야지만 자령기공(紫靈氣功)이

생성된다.

바로 그 자령기공을 자우파풍검법의 구결에 따라 체내의 특정한 혈맥에 세 차례 주천시킨 후에 검을 통해서 발출하는 것이다.

이 순간 단소예의 놀라움, 아니, 경악은 이만저만한 것이 아니었다.

설영의 두 번째 자우파풍검법에 낙성검수 세 명이 방어조차 하지 못하고 거꾸러졌다.

설영은 한쪽 발끝이 지붕에 닿자마자 질풍처럼 앞으로 쏘아나가며 재차 검을 휘둘렀다.

세 번째에도 역시 자우파풍검법이 환상처럼 펼쳐졌다.

한효령은 설영에게 암살 표적을 죽일 때 아미파 절학을 사용해도 좋지만, 그럴 경우에는 반드시 표적을 죽여야만 한다고 당부했었다. 또한 사람들의 이목이 있는 곳에서는 될 수 있으면 사용하지 말라고도 주의를 주었었다.

일개 살수가 아미파 무공을, 그것도 오래전에 실전된 절학을 사용한다는 소문이 퍼지면 강호에 적지 않은 풍파가 일어날 것이다. 더구나 아미파의 명예가 크게 실추될 것은 자명한 사실이다. 뿐만 아니라 아미파에서 진상을 조사하기 위해 아미고수들을 파견할 수도 있다.

그렇게 되면 필경 검풍루가 곤란한 지경에 처할 수도 있을 것이다. 그리고 그것은 순전히 설영 한 사람이 야기시킨 일이 될 터이다.

그러나 지금은 이것저것 따질 상황이 아니었다. 한효령도 지금 같은 절박한 상황에서까지 설영이 아미파 절학을 끝끝내 사용하지 않다가 죽거나 변고를 당하는 것을 바라지는 않을 것이다.

설영이 순식간에 아홉 명의 낙성검수를 죽이고 치닫는 데에도 낙성검수들은 조금도 위축되지 않고 설영과 같은 속도와 범위 내에서 움직였다.

설영 주위에 쳐져 있는 포위망은 모두 세 개였다.

세 개의 원, 즉 삼원(三圓)이 설영이 움직이는 대로 어디로 가든 민첩하게 따라서 움직이고 있었다. 그 광경은 흡사 설영의 그림자 같았다.

설영이 낙성검수 아홉 명을 죽이고 가장 안쪽의 포위망을 뚫었는가 하면, 어느새 두 번째 포위망이 좁혀오는 것과 동시에 바깥쪽에 다시 하나의 포위망이 더 생겨났다. 그렇게 세 개의 포위망이 줄곧 계속 유지되고 있었다.

설영 같은 절정급의 고수는 상대가 이, 삼류무사일 경우 수십, 수백 명을 무한정 죽일 수 있으며, 마음만 먹으면 언제라도 그들에게서 벗어날 수도 있었다.

하지만 이들은 근본적으로 달랐다. 중천오세 중 하나인 낙성검가의 일급검수들인 것이다. 그들은 낙성검가의 특수한 검진(劍陣)이라는 것을 펼치고 있었다.

약 일각 사이에 전각 지붕에는 낙성검수들의 시체 삼십여 구가 생겨났다. 그 삼십여 구의 시체들은 처음 설영이 지붕에 내려섰던 곳부터 그가 지금 맹렬하게 검을 휘두르고 있는 곳까지 일렬로 길게 이어져 있었다.

그러나 설영이 일각여에 걸쳐서 전진한 거리는 기껏 오십여 장에 불과했다.

"낙성구궁검진(落星九宮劍陣)이야!"

설영이 자우파풍검법을 사용한 사실 때문에 놀라고 있던 단소예는 낙성검수들이 펼친 검진을 한발 늦게 알아보고 놀라서 급히 외쳤다.

"이놈들! 모조리 죽여 버리겠다!"

설영은 자우파풍검법을 연이어 전개했는 데도 불구하고 포위망을 뚫기는커녕 전진하는 것조차 여의치 않자 살심이 크게 일어 핏발이 곤두선 눈으로 으르렁거렸다.

그는 단소예의 외침을 듣긴 했지만 자신의 격한 감정 때문에 건성으로 들었다. 그는 그 누구보다 총명하지만 아직 어렸고, 경험이 부족했다. 그것은 곧 자제심의 결여를 가져왔다.

만약에 그가 자제심을 잃고 미친 듯이 날뛴다면 결과는 불을 보듯이 뻔했다.

단소예는 설영의 핏발 선 눈에서 불길이 뿜어지는 듯한 모습을 발견하고 깜짝 놀랐다.

"정신 차려! 영아!"

그녀가 날카롭게 소리치자 설영은 움찔 가볍게 몸을 떨었다. 그 순간 잃어가던 이성과 무너지려던 자제심이 잠시 속도를 늦추었다.

단소예는 재빨리 사방을 둘러보다가 안색이 변해서 절망적으로 중얼거렸다.

'아아! 낙성삼절진(落星三絶陣)이야.'

그것은 낙성구궁검진의 소, 중, 대 세 개의 진이 한 장소에서 한꺼번에 펼쳐지는 것을 말하는데, 바로 지금 이곳에 펼쳐지고 있었다.

단소예는 낙성삼절진이 한꺼번에 전개되는 것을 연습하는 것조차 한 번도 본 적이 없었다. 하물며 실전이랴? 더구나 그것은 단소예와 설영을 잡기 위해서 펼쳐진 것이다.

물론 단소예는 낙성구궁검진의 파훼법을 알고 있다.

그런데 낙성삼절진은 세 개의 검진이 서로 반대 방향으로 수레바퀴처럼 회전하면서 펼쳐진다. 즉, 가장 안쪽의 소검진을 파훼한다고 해도 그다음에 중검진과 대검진이 버티고 있는 것이다. 그렇지만 중검진을 파훼하는 동안에 소검진이 다시 형성되어 안쪽에서 상대를 공격하게 된다.

  낙성검가의 낙성삼절진은 이날까지 한 차례도 파훼된 적
이 없는 것으로도 유명했다. 파훼할 수 있는 방법은 단 하나
뿐이다. 한꺼번에 세 개의 검진을 파훼해야만 한다.

  그리고 이론적으로는 그것이 가능하다. 그러나 거기에는
강력한 힘이 뒷받침되어야만 한다.

  낙성삼절진의 맥은 소검진의 두 명, 중검진의 네 명, 대검
진의 여덟 명, 도합 열네 명을 그들이 지키고 있는 자리에서
한꺼번에 튕겨 나가게 해야 하는 것이다.

  단소예는 눈앞이 캄캄해졌다. 이성을 잃고 날뛰기 직전의
설영을 겨우 붙잡아놨는데 더 이상 방법이 없었다. 그렇다고
그에게 한꺼번에 열네 명을 공격하라는 말도 안 되는 주문을
할 수는 없는 노릇이었다.

第四十九章

적에서 친구로

단소예는 자신의 허리를 안은 설영의 왼팔에 거센 힘이 들어가는 것을 느끼고 그가 공력을 극한으로 끌어올리고 있다는 사실을 깨달았다.

설영은 이제부터 사생결단을 내려는 것이 분명했다. 그렇기에 단소예는 착잡하기 그지없었다. 지금 그녀가 할 수 있는 일은 아무것도 없었다.

"소예야, 이것 진법이지?"

그때 설영의 거친 목소리가 단소예의 고막을 울렸다.

과연 그는 조금 전 단소예의 외침을 제대로 듣지 못한 것이 분명했다.

"낙성구궁검진인데 소, 중, 대의 삼절진이야."

단소예는 착잡하게 뇌까렸다.

설영은 연검을 움켜잡은 채 주위를 날카롭게 쓸어보면서 전음으로 중얼거렸다.

"삼절진이라는 것은 진이 세 겹이라는 뜻이겠지? 어떻게 깨는지 알고 있니?"

단소예는 착잡하게 대답했다.

"파훼법은 알고 있지만 불가능한 방법이야."

구우우!

그때 기이한 음향이 주위의 공기를 거세게 격탕시키면서 떨어울렸다.

드디어 불괴(不壞)의 낙성삼절진이 본격적으로 발동하기 시작한 것이다.

세 개의 검진이 빠르게 회전하면서 서서히 포위망을 좁혀 설영을 압박하고 있었다.

낙성삼절진은 일단 적을 완벽하게 포위하여 한가운데에 가둔 후 소, 중, 대의 검수들이 수레바퀴처럼 회전하면서 번 갈아가며 끊임없이 공격을 퍼붓는다.

자기편의 피해는 전혀 없는 반면에 반드시 적을 섬멸시키 는 무서운 절진인 것이다.

설영은 잠시 시험을 해보기로 했다. 단소예의 다음 말을 기다리는 동안 비교적 허술해 보이는 오른쪽 허공으로 이 장 정도 솟구쳐 보았다.

그러나 그쪽 방위는 그저 눈으로만 허술해 보일 뿐이지 절대 허술하지 않았다. 설영이 솟구치자 미리 예측이라도 한 것처럼 소검진이 그림자처럼 설영을 따라왔다.

아니, 설영과 소검진이 거의 같은 순간에 움직였다는 표현이 옳았다.

그리고 간발의 차이로 중검진과 대검진이 그 밖을 에워싸고 회전을 했다.

허공 이 장 높이에 떠 있는 설영과 단소예, 그리고 그 주위를 회전하고 있는 세 개의 검진은 보는 사람의 탄성을 자아내게 할 만큼 장관을 연출하고 있었다.

설영은 시험을 포기하지 않았다. 계속 시험하여 허점을 찾아내려는 것이었다.

그는 지붕에 가볍게 내려섰다가 이번에는 뒤쪽 허공으로 재차 더 높게 쏘아 올랐다.

그러자 이번에도 어김없이 소검진이 동시에 움직였고, 중검진과 대검진이 거의 동시라고 할 수 있을 정도로 빠르게 주위를 에워쌌다.

설영은 이번에는 두 발바닥을 통해서 공력을 뿜어내어 발

밑의 허공을 단단하게 응축시키면서 그곳을 딛고 허공중에 우뚝 섰다.

이것은 허공답보라는 상승신법의 기초이며 결코 아무나 발휘할 수 있는 것이 아니었다.

설영이 무리를 하면서까지 이 방법을 전개하는 이유는, 낙성삼절진이라는 것이 과연 허공중에서 얼마나 버티는지 보자는 심산이었다.

그러나 검진이 와해되지는 않더라도 최소한 작은 균열 같은 것이라도 생길지 모른다는 설영의 바람은 보기 좋게 깨어지고 말았다.

허공중인 데도 불구하고, 소검진뿐만 아니라 중검진과 대검진까지 추호도 흔들리지 않았다. 그뿐만 아니라 각 구성원인 낙성검수들은 더욱 활기차게 원을 그리며 회전하고 있는 것이 아닌가?

그것은 설영과 단소예를 축(軸)으로 하여 세 개의 수레바퀴가 허공중에서 회전하고 있는 듯한 광경이었다.

낙성검수 각자의 공력은 절대로 설영을 능가하지 못한다. 아니, 그에 비해 절반에도 미치지 못할 터이다.

그런 그들이 어떻게 이런 말도 안 되는 능력을 발휘하고 있는 것인지 이해할 수가 없어서 설영은 한순간 머리가 혼란스러웠다.

더구나 그는 잠시 허공에 떠 있었을 뿐인데도 공력이 급속
도로 저하되는 것을 느끼고 움찔 놀랐다. 이런 경우는 예전에
한 번도 없었다.

단소예는 그제야 설영의 의도를 알아차리고 놀라서 급히
소리쳤다.

"안 돼, 영아! 어서 하강해야 돼! 저들은 너의 공력을 이용
하고 있어!"

"……!"

설영은 뭔가 좋지 않은 낌새를 감지하곤 그 즉시 천근추의
수법을 발휘하여 지붕에 내려섰다.

잠시 동안 허공에 떠 있었는데도 몸이 파김치가 된 것처럼
흐느적거렸다.

"저들은 너를 구심점(求心點)으로 하여 원심력(遠心力)을
발휘하고 있는 거야!"

'구심점! 원심력!'

설영은 내심 움찔했다. 자세히는 모르지만 뭔가 알 것 같기
도 했다.

"소검진을 봐! 여덟 명이지? 우리 둘까지 포함해야 완벽한
소검진이 형성되는 거야!"

'아!'

순간 설영의 머릿속이 환해졌다.

낙성구궁검진에 '구궁' 이라는 말이 들어갔으므로 이 검진을 전개하는 사람의 수는 틀림없이 '구(九)' 라는 수와 연관이 있을 터이다.

뭔가 알 것 같은 표정의 설영은 빠르게 세 개의 검진을 훑어보았다.

소검진은 모두 여덟 명, 중검진은 열여섯 명, 대검진은 서른두 명으로 구성되어 있었다.

'구궁' 과 연관이 있다면 소검진은 아홉 명이어야 하는데 여덟 명뿐이고, 중검진은 열여덟 명이어야 하는데 열여섯 명, 대검진은 서른여섯 명이어야 하는데 서른두 명이었다.

소검진은 한 명이 부족하고, 중검진은 두 명, 대검진은 네 명이 부족하다.

일의 배는 둘이고, 둘의 배는 넷.

설영은 현재 자신과 단소예가 하나로 묶인 상태로 세 개의 검진에서 축의 역할, 즉 일곱 명의 역할을 하고 있다는 사실을 깨닫고 어이가 없었다. 제압해야 할 적을 오히려 검진의 중심축으로 이용하다니, 실로 무서운 진법이었다.

'그렇군!'

방금 전에 설영이 허공중에 떠 있었을 때 공력이 급속도로 저하되었던 이유도 이제야 알 수 있었다.

차기미기(借氣彌氣).

적의 공력을 받아들여 내 움직임을 한층 원활하게 만드는 상승의 무공 공부였다.

즉, 낙성삼절진이 설영의 공력을 축으로 삼아 그것을 이용하여 손쉽게 검진을 운용했다는 뜻이었다.

"소예야, 그렇다면 지금 우리가 구궁 중에서 무엇에 해당하는 것이지?"

설영이 초조한 표정으로 빠르게 물었다.

단소예는 회전하고 있는 소검진의 여덟 명을 예리하게 살피면서 대답했다.

"수시로 변하는데, 지금 우리는 칠적(七赤)의 위치야! 그다음에는 삼벽(三碧)이 될 거야! 다섯 번 호흡하기도 전에 또 바뀔 텐데 그것까진 아직 모르겠어!"

순간 설영의 눈이 매의 눈처럼 날카롭게 세 개의 검진을 쓸어보았다.

'우린 구궁에만 속해 있지만, 저 세 개의 검진은 각각 팔괘(八卦)와 십육괘(十六卦), 삼십이괘(三十二卦)까지 포함하고 있다! 궁(宮)은 수비, 괘(卦)는 공격이다!'

포위된 사람. 즉, 설영은 오로지 수비만이 가능할 뿐이고, 낙성삼절진을 전개하는 검수들은 공격과 수비 양면이 가능하다는 뜻이다.

아주 어렸을 때부터 귀재라는 소리를 귀가 닳도록 들어온 설영이라서 구궁이나 팔괘, 팔문 등에 대해서는 통달을 했지만, 그것만으로 낙성구궁검진을 풀 수는 없었다. 거기까지가 그의 한계였다.

"영아! 파훼법은 소검진의 팔백(八白)과 사록(四綠). 중검진의 감(坎), 진(震), 이(離), 태(兌)를. 대검진의 지택림(地澤臨), 산택손(山澤損), 풍뢰익(風雷益), 감위수(坎爲水), 천지부(天地否), 이위화(離爲火), 수뢰둔(水雷屯), 곤위지(坤爲地)를 동시에 공격해서 충격을 가하는 것이야!"

단소예는 낙성삼절진을 날카롭게 살피면서 다급하게 전음을 보냈다. 지금 이 순간의 파훼법인 것이다.

그러나 그 위치들은 세 번 호흡을 할 짧은 시간이 지나면 또다시 바뀐다.

"내 능력으로는 소검진의 두 명밖에 감당이 안 돼! 너 혼자 나머지 열두 명을 공격할 수 있겠어?"

물론 단소예는 설영이 그러지 못한다는 사실을 잘 알고 있으면서도 그렇게 물어야만 했다.

그가 아무리 아미파의 실전절학인 자우파풍검법을 익혔더라도 한꺼번에 열두 명의 일류검수를 공격해서 충격을 가하는 것은 절대 무리였다.

아마도 당금 무림에서 그 정도의 실력자는 열 손가락으로 꼽을 정도에 불과할 터이다.

그러나 단소예는 이대로 잡히기보다는 마지막 발악이라도 해야 한다고 생각했다. 일단 붙잡히고 나면, 설영과 헤어지게 되면, 그것으로 모든 것이 끝이다.

"공격이 시작되려고 해! 지금이 아니면 힘들어져!"

검진을 살피던 단소예가 다급히 전음으로 외쳤다.

설영과 단소예는 아주 잠깐 동안 서로를 쳐다보았다.

깊은 애정과 신뢰, 단호한 결의가 두 사람의 표정과 눈빛에 가득 떠올라 교차했다.

타앗!

다음 순간 설영은 단소예의 허리를 안고 수직으로 솟구쳐 오르면서 그녀의 귀에 대고 나직이 속삭였다.

"이젠 절대 헤어지지 않을 거야."

그 한마디에 단소예는 심장이 터지고 온몸이 녹아버리는 듯한 기쁨을 맛보았다. 이 상황에서 더 이상 무슨 말이 필요하겠는가.

낙성삼절진을 파훼하지 못하더라도 상관이 없었다.

이대로 죽는다고 해도 서럽지 않을 터이다.

두 사람은 마지막 순간까지 함께 있을 테니까.

설영의 눈을 바라보는 단소예의 그윽한 눈빛이 '나도'라고 말했다.

허공 삼 장 높이.

소검진이 어느새 그림자처럼 따라와 설영과 단소예 주위에서 회전했다.

설영은 공력을 극한으로 끌어올려 오른팔에 주입시키자마자 벼락같이 떨쳐 냈다.

그와 동시에 단소예의 몸이 훌쩍 설영에게서 벗어났다.

설영은 검기를 발출할 능력이 있지만, 단소예는 그럴 만한 능력이 못 되기 때문에 진검으로 직접 상대를 찌르고 베야 하는 것이다.

설영의 연검이 온통 시뻘건 핏빛으로 물들었다. 한꺼번에 열두 명을 공격해야 하기 때문에 극한의 자령기공을 주입시켰기 때문이다.

쩌르르릉!

단소예는 자신이 목표로 했던 소검진의 두 명에게 쏘아가는 중에 천지를 진동시키는 우렛소리를 들었다.

바로 그 순간 그녀의 뇌리를 스치는 전설적인 검법 하나가 있었다.

'화우뢰격검!'

그녀는 자신의 눈으로 직접 보지 않고도 설영이 전개한 검법이 또 하나의 실전된 아미파 절학인 화우뢰격검이라는 사실을 간파했다.

단소예가 목표로 삼은 소검진의 두 명은 설마 그녀가 공격해 올 줄은 추호도 예상하지 못했던 터라 크게 놀라 황급히 방어를 하려 했다.

그 순간 설영은 순식간에 연검을 네 차례 떨쳐 냈다. 한 번에 세 명씩 열두 줄기의 붉다 못해 적색인 불꽃 같은 검기가 열두 방향으로 폭발하듯이 뿜어져 나갔다.

그것은 천공에서 작은 태양이 폭발하는 듯한 장엄하기까지 한 광경이었다.

쩌쩌쩡!

순간 설영의 연검이 폭발하고 말았다. 그의 이 갑자 공력과 열두 줄기의 화우뢰격검기를 뿜어내기에는 연검이 지나치게 약했던 것이다.

미완성의 검기와 수십 개로 조각난 칼 조각들이 사방으로 쏟아졌다.

"으악!"

"크악!"

"와악!"

다음 순간 낙성삼절진 여기저기에서 어지럽고 처절한 비명성이 와르르 터졌다.

단소예의 검은 정확하게 소검진의 목표한 두 명의 심장을 깊숙이 찔렀다.

그리고 설영이 만들어낸 미완성의 검기와 쏘아나간 칼 조각들이 두 명을 죽이고 세 명을 부상 입혔다.

그러나 그것이 전부였다.

당연히 낙성삼절진은 와해되지 않았다.

단소예는 두 명을 죽이자마자 허리를 뒤로 틀어 설영에게 날아오면서 하강하는 도중에 그의 품에 안겼다.

우직!

설영과 단소예는 지붕에 묵직하게 내려섰다. 두 사람의 발 밑에서 기와들이 부서지며 흩어졌다.

설영은 이 한 번의 초식에 전력을 쏟아 부었기 때문에 몹시 지쳤고, 단소예도 마찬가지였다.

“‘빌어먹을!”

이날까지 한 번도 입에 담아본 적이 없는 욕설이 설영의 입에서 튀어나왔다. 그리고 한 번도 느껴본 적이 없었던 ‘절망’이라는 것이 한꺼번에 엄습했다.

그 옛날 중천군림성을 탈출해서 기나긴 도주의 길에 올랐을 때에도 느끼지 못했던 절망이었다.

낙성검수들은 세 개의 검진을 형성하고 있는 자들 말고 그 바깥쪽에도 그만큼이 더 있었다.

방금 설영과 단소예에 의해서 훼손된 진의 빈자리를 바깥쪽에 있던 낙성검수들이 재빨리 메웠다.

그때 설영은 바깥쪽 낙성검수들 사이에 서 있는 장도명을 발견했다.

'죽일 놈!'

만약 이대로 죽게 된다면, 장도명을 죽이지 못하는 것이 끝내 한으로 남게 될 것이다.

"영아, 넌 최선을 다했어."

마주 선 단소예가 설영의 손을 잡으며 부드러운 눈빛으로 위로했다.

쏴아아!

그때 소검진을 필두로 중검진과 대검진이 급속도로 수축되면서 일제히 설영과 단소예를 공격해 오기 시작했다.

거센 파도가 밀려드는 듯한 광경이었다.

그들 수십 명의 손에 쥐어진 검이 햇빛을 받아 눈부시게 번뜩였다.

쐐애액!

그 순간이었다. 허공을 갈가리 찢는 파공음이 울려 퍼졌다.

퍽! 퍽! 퍽!

"끄억!"

"허윽!"

"큭!"

뒤를 이어 세 번의 묵직한 음향과 함께 세 마디 답답한 신음성이 터졌다.

설영은 움찔 놀랐다.

그는 중검진의 세 명의 낙성검수가 무언가 강력한 힘에 적중당한 듯이 허공으로 쏜살같이 튕겨져 날아가는 광경을 발견했다.

츄와앗!

쾌애액!

슈카앗!

그리고 그 뒤를 이어서 또다시 몇 개의 기음이 터졌다. 그것은 세 마디 비명성이 터진 것과 거의 같은 순간이었다.

"흐악!"

"크엑!"

어지럽게 터져 나오는 대여섯 마디의 처절한 비명성.

설영과 단소예를 향해 공격하던 낙성검수들 중에 열한 명이 한꺼번에 와르르 지붕으로 곤두박질쳤다. 그들은 목이 없거나, 심장에서 피의 분수를 뿜어내거나, 미간에 구멍이 뚫린 채 즉사했다.

그리고 최초에 죽은 세 명은 허공을 붕 날아가서 대로 맞은 편 전각의 지붕을 뚫고 집 안으로 떨어졌다.

그들 세 명의 이마에는 하나씩의 꽃이 피어 있었다. 아니, 그것은 화살의 깃이었다. 화살은 그들의 미간 한복판을 파고

들어가 깃만 남긴 채 모조리 박힌 것이다. 그들의 뒤통수에는 보통 화살보다 절반쯤은 더 길며 강철로 만든 시커먼 화살이 튀어나와 있었다.

순식간에 죽은 낙성검수의 수는 도합 십사 명. 그들은 다시 한차례 변환한 낙성삼절진의 파(破)에 해당하는 자들이었다.

그들이 죽음으로써 낙성삼절진은 여지없이 깨졌다. 아무리 빨리 진형을 갖춘다고 해도 최소한 열 번 호흡할 정도의 시간이 필요할 것이다.

그러나 낙성검수들은 다시 낙성삼절진을 펼치지 못했다. 그럴 수가 없었다. 그들이 미처 정신을 차리기도 전에 장내에 일단의 무리들이 검을 휘두르며 그 무엇보다도 강한 태풍처럼 들이닥쳤기 때문이다.

아니, 그들이 당도하기도 전에 그들이 발출한 검기의 빛줄기들이 낙성검수들의 몸을 마구잡이로 관통하고 또 자르고 있었다.

그들, 양궁표를 필두로 하여 단랑, 반호, 오장보, 고선은 낙성삼절진의 외곽을 뚫고 들어오더니 거칠 것 없이 낙성검수들을 도륙하기 시작했다.

'양궁표.'

설영은 양궁표를 발견하고는 믿을 수 없다는 표정을 지으며 크게 놀랐다. 그가 이곳에 나타날 줄은, 그래서 자신을 구

할 것이라고는 추호도 예상하지 못했었다.

"어서 가라."

순간 양궁표가 한 명의 낙성검수를 베어 넘기면서 설영에게 말했다.

조금도 다급한 목소리가 아니었고, 소리를 지르지도 않았다. 그 목소리는 그저 한가했던 술자리를 끝낸 친구에게 내일 또 보자고, 오늘은 이만 헤어지자고 말하듯이 나직했으며 또 여유로웠다.

순간 설영은 그날 낙영루에서 겪었던 양궁표는 그의 전부가 아니었음을 깨달았다. 그는 그것보다 훨씬 더 깊이가 있으며 정감 어리고, 또한 신의가 있는 사람이었다.

그렇지만 가란다고 갈 설영이 아니었다. 더욱이 자신을 구하러 온 사람들을 위험 속에 남겨둔 채로는 더욱 그럴 수 없었다.

"내게 업혀."

설영은 단소예의 손에서 검을 뺏듯이 낚아채면서 등을 내밀었다.

단소예가 업힐 때 그는 빠르게 양궁표와 그의 동료들을 쓸어보았다.

첫눈에도 그들은 강해 보였다. 그리고 싸우는 방법을 잘 알고 있는 것 같았다. 그들은 출현하자마자 순식간에 장내를 압

도해 버렸다. 당최 거칠 것이 없었다.

또한 그들이 구사하고 있는 검법은 완벽할 만큼 강력했고 또 깔끔했다.

양궁표는 한 번 검을 휘두를 때마다 어김없이 한 명 혹은 두 명씩 거꾸러뜨렸고, 그의 동료들 역시 손속에 추호의 실수가 없었다. 검이 허공을 가르면 여지없이 최소한 한 명 이상의 낙성검수가 피를 뿌리며 나뒹굴었다.

그들은 여자 한 명만 제외하고는 한결같이 칙칙한 은흑색의 검을 사용하고 있었다.

그런데 그 검들이 또 가공할 위력을 발휘하고 있었다. 낙성검수들이 방어를 한답시고 분분히 검을 들어 막으려고 하면, 수수깡처럼 간단하게 부러뜨리며 검과 사람을 통째로 베어버렸다.

더구나 양궁표 등이 공력을 주입하여 검을 휘두르면 믿어지지 않게도 검에서 시커먼 흑룡들이 폭포처럼 마구 뿜어져 나와 허공을 난무하다가 낙성검수들의 몸에 쑤셔 박히거나 몸통을 잘랐다.

낙성검수들은 양궁표 등의 무시무시한 기세와 실력에 질린 표정을 지었고, 허공을 이리저리 가로지르며 포효하는 흑룡들을 보면서 넋을 잃어버렸다.

"결코 물러서지 마라! 포위망을 강화해라! 흑룡 따윈 환상

일 뿐이다!"

총관 함붕이 우렁차게 외치면서 바깥쪽에 있던 낙성검수들을 이끌고 싸움판으로 뛰어들었다.

잠시 주춤했던 낙성검수들은 다시 용기와 힘을 얻어 양궁표 등에게 덮쳐 갔다.

그런 것을 보면 낙성검수들은 과연 고도로 훈련을 받은 정예 중에 정예라는 것을 알 수 있었다. 웬만한 방, 문파의 무사들 같았으면 기선이 제압되어 지리멸렬했을 것이다.

그런데 그들은 짧은 시간 안에 전열을 정비하여 양궁표 등을 에워싸면서 공격을 개시했다.

설영은 단소예를 업고 바람처럼 양궁표 곁으로 달려가서 합세했다.

양궁표와 형제들은 모두 초일검류를 사용했다. 그들의 검에서는 초일검류 일초식인 광혼류(光魂流)나 이초식 천궁류, 삼초식 전광류가 거침없이 뿜어져 나갔다.

유독 고선 혼자만 천백검문의 검법을 전개했다. 그녀가 펼치는 검법은 결코 화려하지도 변화무쌍하지도 않았지만, 실로 위력적이었다. 여자가 펼치는 검법이라고는 믿어지지 않을 만큼 거센 위력이 실렸다. 그녀가 검을 떨칠 때마다 우렛소리가 터지거나 번갯불 같은 것이 번쩍였다.

바로 천백검문의 성명검법인 천백검법이었다.

설영은 자우파풍검법과 화우뢰격검을 번갈아 가면서 전개하여 닥치는 대로 낙성검수들을 도륙했다.

설영은 싸우는 중에 양궁표의 동료 중 한 명이 왼손에 활을 쥐고 있는 것을 발견했다. 그래서 그가 최초에 낙성검수 세 명을 죽여 튕겨 날아가게 했다는 사실을 깨달았다.

왼손에 활을 쥔 사람은 반호였다. 그는 더 이상 활을 사용하지 않을 생각인지 갑자기 능숙한 동작으로 활시위를 풀더니 활을 꼿꼿이 세로로 세우면서 아랫부분에 돌출된 하나의 장치를 눌렀다.

치잉!

그러자 굽었던 활이 꼿꼿하게 펴지면서 순식간에 하나의 철봉(鐵棒)으로 변했다.

그때부터 반호는 왼손으로는 철봉을, 오른손으로는 오룡검(五龍劍)을 휘두르면서 낙성검수들을 주살했다. 그런 그의 모습은 흡사 야차 같았다.

어느덧 설영과 양궁표의 동료들은 서로 등진 채 하나의 작은 원을 만든 상태에서 쇄도하는 적을 상대하고 있었다.

낙성검수들은 양궁표 등의 급습으로 졸지에 삼십여 명이라는 큰 희생을 치렀지만 조금도 물러서지 않은 채 포위망을 유지하며 압박을 가했다.

그들은 진을 펼치지는 않았지만 아직도 오십여 명 이상의 낙성검수들이 있었기에 싸우는 중에 설영과 양궁표 등을 겹겹이 에워싸더니 곧 삼중의 견고한 포위망을 구축했다.

낙성검가의 검수들은 총 칠백여 명이다. 그리고 이곳은 그들의 안방인 낙양이다. 낙성검가는 이곳으로 더 많은 검수들을 보낼 것이다. 그러므로 시간을 지체하면 할수록 설영과 양궁표 등이 불리할 수밖에 없었다.

그때 양궁표의 눈이 빛났다.

포위하고 있는 낙성검수들 바깥쪽 십여 장 정도 떨어진 곳 어느 지붕의 비첨(飛檐:용마루) 뒤에 한 무리의 사람들이 모여 있는 것을 발견했다. 그들의 가슴에 세로로 수놓인 '진천(震天)'이라는 글이 또렷하게 보였다.

중천오세의 하나인 진천방 고수들이었다. 그들은 십여 명에 불과했지만, 양궁표가 보고 있는 사이에도 속속 수가 늘어나고 있었다.

원래 시체가 있는 곳에는 까마귀 떼만 모여들라는 법이 없다. 승냥이도, 여우도, 온갖 시체 청소부들이 모여들어야 이치에 맞는 것이다.

불길한 예감이 양궁표의 뒷골을 후려쳤다. 그는 재빨리 다른 방향을 살펴보았다.

그의 눈길이 닿은 곳은 대로 건너편의 지붕인데, 붉은 홍의를 입고 가슴에는 '혼천(混天)'이라는 글이 수놓아진 인물들이십여 명이 자세를 낮춘 채 모여서 이쪽을 주시하고 있는 모습이 눈에 띄었다. 역시 중천오세 중에 혼천도문의 수하들이었다.

또 다른 곳에는 중천오세의 사해부 수하들이 진을 친 채 호시탐탐 기회를 엿보고 있었다. 중천오세에서 설란궁만 빠진 네 개 파가 이곳으로 속속 집결하고 있는 것이었다.

그뿐만이 아니었다. 중천칠지파와 중천오충의 수하들도 빠르게 모여들고 있는 중이었다.

설란궁을 제외한 중천무림의 실세들이 이곳에 모두 모여든다면 그 수는 수백, 아니, 수천 명이 될 수도 있다. 그들 모두는 금호방주를 죽인 살수를 차지하려는 각자의 목적을 갖고 있다.

양궁표는 바짝 긴장하여 입 안이 탔다. 까딱 잘못하다가는 이곳이 자신들의 무덤이 될 수도 있는 상황이었다.

설영은 바로 옆에서 싸우고 있는 양궁표가 급히 주위를 둘러보다가 놀라는 표정을 짓는 것을 놓치지 않았다.

"뭐야?"

설영은 양궁표처럼 두리번거리다가 그가 보았던 것들을 똑같이 발견하고 움찔 놀랐다.

"내가 여기에 온 것은 한가하게 이 작자들과 싸움이나 하려는 것이 아니다."

"양궁표."

설영은 처음이나 지금이나 양궁표에게 하대를 했다. 그러나 그를 느끼는 마음은 처음과는 사뭇 달라져 있었다. 처음에는 적이었으나 지금은 친구가 되어 있었다.

"네가 여길 빠져나가야지만 우리도 갈 수 있다."

너무도 당연한 사실을 양궁표가 일깨워 주었다.

설영은 이를 악물고 눈에서 살기를 뿜어내면서 한곳을 쏘아보았다. 그 모습은 마치 그것 때문에 이곳을 떠날 수 없다는 듯한 표정이었다.

양궁표도 설영의 시선을 따라 그곳을 보았다. 시선의 끝에는 한 명의 중년인이 서 있었다.

장도명이었다.

양궁표는 직감적으로 느끼는 바가 있어서 즉시 물었다.

"바로 저놈이냐? 낙화귀를 시켜서 널 제압한 후 낙성검가에 넘긴 놈이?"

"저놈을 죽이기 전에는 못 떠나!"

설영은 속에서 들끓는 살심을 쏟아내는 것으로 대답을 대신했다.

그때 우연의 일치인지 장도명 역시 설영이 있는 쪽을 쳐다보고 있었다.

순간 둘의 시선이 허공에서 마주치며 불꽃을 튀겼다.

문득 장도명의 입꼬리가 비틀어지면서 엷은 미소가 피어나는 것이 설영의 눈에 보였다.

또한 장도명은 한 손을 들어 올려 가로로 눕힌 채 자신의 목을 베는 시늉을 해 보였다. 즉, 설영이 곧 죽을 것이라는 뜻이었다.

"개자식!"

설영의 입에서 욕설이 쥐어짜듯 튀어나왔다. 그는 폭발할 것 같은 분노를 지금 막 죽이고 있는 낙성검수에게 퍼부어 몸을 세로로 쪼개 버렸다.

설영이 있는 곳에서 장도명이 있는 곳까지의 거리는 십여 장이나 됐다. 장도명은 혹여 자신에게 불똥이라도 튈까 봐 멀찌감치 떨어져 있었던 것이다.

놈을 죽이러 가기에는 거리가 너무 멀었다. 십여 장이면 평소라고 해도 한 번에 쏘아갈 수 있는 거리가 아닌데, 지금 같은 상황에서는 더욱 불가능했다.

"오제, 이 친구를 저자에게 보내줘."

그때 양궁표가 장도명을 가리키면서 반호에게 외쳤다.

양궁표는 다시 설영에게 빠른 어조로 말했다.

"화살을 밟고 가게."

설영은 무슨 뜻인지 즉시 깨달았다. 그는 뜨거운 눈빛으로 양궁표를 바라보았다.

"신세를 졌다."

두 사람은 묘한 인연이었다.

양궁표가 접선하고 있던 금호방주를 설영이 암살했으니 당연히 서로 원수지간이라고 할 수 있는데도 지금의 두 사람은 친구 이상의 사이가 되었다.

"핫핫! 신세를 갚으려면 죽지 마라!"

양궁표가 호방하게 웃었다. 기분을 상쾌하게 만드는 듣기 좋은 웃음이었다.

단소예는 설영에게 업힌 채 양궁표 등을 보면서 가슴이 훈훈해졌다. 그들이 누구인지, 설영과 어떤 관계인지는 모르지만, 절망적인 상황에서 벗어났다는 사실보다 설영에게 믿음직스러운 친구들이 있다는 사실이 더 흐뭇했다.

설영은 공력을 극한으로 끌어올린 후 힘껏 지붕을 박차며 장도명이 있는 방향으로 신형을 날렸다. 장도명을 꼭 죽이고야 말겠다는 살심이 그의 가슴속에서 용광로처럼 들끓었다.

기다렸다는 듯이 낙성검수들이 설영을 향해 솟구쳐 오르며 공격을 해왔다.

설영은 맹렬하게 검을 휘둘러 순식간에 세 명의 낙성검수를 베어 떨어뜨렸다.

타앙!

그때 그의 뒤쪽에서 가죽으로 만든 북을 세게 두드리는 음향이 터졌다.

설영이 돌아보니 반호가 설영의 등을 향해 한 발의 화살을 쏘아내고 있었다.

퍽! 퍽!

길이 다섯 자의 강철 화살은 설영을 공격하려고 솟구쳐 오른 낙성검수 한 명의 등을 관통하고서도 조금도 속도가 줄지 않은 상태로 설영의 발뒤꿈치를 향해 쏘아왔다.

척!

설영은 마침 힘이 떨어져 하강하고 있었으나 두 발을 화살에 일자로 올리는 순간 빛처럼 빠르게 쏘아갔다. 장도명과의 거리는 순식간에 삼 장여로 좁혀들었다.

장도명은 기상천외한 방법으로 자신에게 쏘아오는 설영을 보며 얼굴에 다급함이 떠올라 허둥거렸다.

그 모습에서는 조금 전에 손으로 목을 그으면서 설영을 조롱하던 득의함은 찾아볼 수가 없었다.

설영이 쏘아오는 속도가 너무도 빨라서 장도명은 피할 엄두조차 내지 못했다. 생각하고 자시고 할 여유가 없었다. 그는 다급히 어깨의 검을 뽑았다.

그러나 그는 곧 아차 싶었다. 검을 뽑는 것보다는 피하는 것이 우선이었다. 그는 설영이 아미파의 절학을 사용하여 낙성검수들을 도륙하는 광경을 보고 크게 놀라면서 자신은 설영의 적수가 되지 못할 것이라고 생각했었다. 지금 이 상황에서 장도명이 검을 휘둘러 공격이나 방어를 한다는 것은 죽음을 재촉하는 터무니없는 짓이었다.

쒜액!

귀청을 찢는 파공음이 터지는 것과 동시에 장도명은 죽을힘을 다해서 옆으로 몸을 날렸다.

팍!

순간 어깨 부근에서 미약한 음향이 터지며 선뜻한 느낌이 들었다.

설영은 장도명의 정수리를 겨누고 일검을 세로로 그었지만 머리를 쪼개지는 못했다. 타고 있는 화살에서 뛰어내린다면 장도명의 목숨을 거둘 수는 있을지 모르지만, 그것은 일부러 위험 속으로 뛰어드는 무모한 행위였다.

"으드득!"

설영은 이를 갈면서 뒤돌아보았다. 장도명이 왼쪽 어깨를 감싸 안으며 지붕 위에 나뒹굴고 있는 모습이 보였다.

"크으으……."

어깨를 움켜잡은 장도명의 손가락 사이로 새빨간 핏물이 마구 뿜어져 나왔다.

그의 옆에는 팔 하나가 떨어져 있었는데 잘라진 부위에서 피가 뿜어졌다.

“으으으……”

고통은 빠르게 엄습했으며 견딜 수 없을 만큼 지독했다. 또한 그 고통은 끝이 없을 듯했다.

장도명은 지붕 위를 데굴데굴 구르다가 미끄러져서 대로로 추락했다.

설영이 쏘아가는 곳에서 좌측 칠팔 장쯤의 거리에 혼천도문의 수하들, 혼천도수(混天刀手)라고 불리는 고수들이 이십여 명쯤 모여 있다가 득달같이 덮쳐 왔지만 화살의 속도를 따라잡을 수는 없었다.

믿어지지 않게도 설영은 화살 한 자루 덕분에 낙성검수들의 포위망을 아주 간단하게 벗어났다.

“갈 곳이 없으면 태평로의 동방객잔으로 오너라.”

귀에 익은 목소리가 설영의 고막을 두드렸다. 양궁표의 전음이었다.

양궁표는 설영이 멀어져서 포위망을 완전히 벗어나는 것을 보고난 후에야 아우들과 고선에게 짧게 외쳤다.

“철수하자!”

양궁표는 고선의 허리를 안고 신형을 위로 솟구쳤다.

그와 동시에 다른 형제들도 일제히 양궁표를 따라서 솟아올랐다.

파아아!

낙성검수들도 질세라 여기저기에서 솟구쳤다. 그러나 중간에서 힘이 달려 우수수 떨어져 내렸다.

양궁표 등은 지붕 위에서 수직으로 오 장가량 솟구쳤으므로 낙성검수들이 따르지 못하는 것이 당연했다. 양궁표 등은 허공중에서 한쪽으로 방향을 틀어 마치 기러기 떼처럼 무리지어 날아갔다.

지상과 지붕 위에서 낙성검수들이 우르르 양궁표 등을 추격했으나 오래지 않아서 놓치고 말았다.

양궁표 등이 전개하는 경공은 전설의 구궁표류연이었다. 그것은 가히 천하제일이라고 해도 손색이 없었다.

양궁표가 고선의 허리를 안은 것은 그녀가 구궁표류연을 배우지 못했기 때문이었다.

구궁표류연의 구결은 중궁(中宮), 팔괘(八卦), 팔문(八門)에서 오묘하고 불가사의한 정수(精髓)만을 발췌, 배합하여 이루어졌다.

그래서 아까 양궁표 등이 구궁을 바탕으로 하여 만들어진 낙성삼절진을 정확하게 파훼할 수 있었던 것이다.

第五十章

인피(人皮)

낙양 금화로(金華路)에 위치해 있는 중천오세의 한 방파인 설란궁.

중천오세의 다른 방, 문파들이 하나같이 거대하고 웅장한 것에 반해서 설란궁은 드넓은 대지 위에 인공호수와 작은 가산(假山)과 작은 숲, 계류들이 도처에 산재해 있으며, 여러 종류의 순한 짐승들과 새들이 한가롭게 무리지어 다니면서 풀을 뜯는 평화로운 광경이 펼쳐져 있었다.

그리고 여기저기 띄엄띄엄 전설이나 신화 속에서 나옴직한 아름다운 전각들이 주변 풍경과 멋들어진 조화를 이루며 세워져 있었다.

설란궁은 중천무림의 절대자인 천주 설무검이 낙양에서 사라진 이후부터 굳게 전문을 닫고 오랜 칩거에 들어가 오늘에 이르고 있었다.

설란궁주인 설란후 정지약이 정인(情人)인 설무검을 잃고 시름에 잠겨 세상을 등졌다는 소문이 한동안 나돌다가 그마저도 잊혀져 버린 것이 작금의 세태였다.

그궁!

설란궁의 굳게 닫힌 전문이 실로 오랜만에 활짝 열렸다.

우두두!

이어서 한 대의 이두마차와 네 필의 말이 지축을 울리며 전문 밖으로 달려나왔다.

마부석에 앉아서 마차를 모는 사람이나 말을 타고 마차의 전후좌우에서 호위하고 있는 네 명 모두 여자였다.

눈처럼 흰 은의를 입고, 허리까지 오는 짧은 견폐(肩蔽:망토)를 걸쳤으며, 어깨에는 설란궁 특유의 은검(銀劍)을 멘 여검사들이었다.

이 마차는 설란궁주의 전용 마차 중에 하나인데, 매월 한 차례 정기적으로 설란궁 밖으로 나온다.

하지만 마차에는 설란후가 타고 있지 않았다. 대신 그녀가 매우 소중하게 여기는 사람들이 타고 있었다.

마차는 낙양 중심가를 벗어나 한동안 달리다가 북문 근처의 서민들이 모여서 사는 지역에 도착하여 어느 골목 앞에 멈추었다.

마부석의 여검사가 공손하게 마차의 문을 열어주자 네 사람이 내렸다.

최고급 비단 옷차림을 한 삼십대 중반의 여인과 역시 최고급 옷을 입은 그녀의 자식으로 보이는 세 아이였다. 제일 체구가 큰 사내아이는 열두 살이고, 둘째도 사내아이로 아홉 살, 그리고 가장 작고 귀여운 막내는 여자 아이인데 일곱 살이었다.

중년 여인이 골목 안으로 향하자 아이들이 그녀를 앞질러 먼저 안쪽으로 우르르 달려 들어갔다. 일견하기에도 이 부근을 훤히 알고 있는 듯한 익숙한 행동이었다.

순간 마상 위의 여검사 두 명이 번쩍 신형을 날려 골목 위쪽 허공을 쏘아갔다. 그녀들은 달려 들어가는 아이들보다 앞서 날아가 골목 양쪽 어느 집의 지붕에 사뿐히 내려선 후 예리한 시선으로 주위를 경계했다.

그리고 마부석에 있던 여검사를 포함하여 세 명의 여검사들은 골목 입구를 지켰다.

다섯 여검사들의 임무는 중년 여인과 세 아이를 경호하는 일이었다. 그것은 그녀들이 지난 육 년 동안 매월 한 차례도 거르지 않고 해온 일이었다.

이런 광경을 보면 누구라도 중년 여인과 세 아이를 설란궁 주의 인척 정도로 여길 것이다.

세 명의 아이들은 엄마가 당도하기도 전에 골목 중간쯤에 있는 어느 허름한 집 대문을 마치 자기네 집처럼 스스럼없이 박차고 들어가 왁자하게 떠들어대며 자신들이 도착했음을 알렸다.

그러자 그 집 안에서 남루한 옷을 입은 비슷한 또래의 여자아이와 사내아이 두 명이 기다렸다는 듯이 와르르 마당으로 뛰어나와 아이들과 서로 얼싸안으면서 한바탕 소란스럽게 떠들어댔다.

중년 여인은 대문 안으로 들어오기 전에 잠시 걸음을 멈추고 맞은편 집을 물끄러미 쳐다보았다.

문득 그녀의 눈이 젖어드는가 싶더니 금세 그리움과 안타까움으로 가득 물들었다.

그 집은 육 년 전까지만 해도 그녀와 세 아이들이 정겹게 살던 집이었다. 아니, 그때에는 그녀의 남편이자 아이들의 아버지도 함께 살았었다.

그러나 육 년 전의 어느 날 아침, 남편은 여느 때와 마찬가지로 아침 식사를 마친 후 아내와 아이들의 배웅을 미소로 답하면서 일참(日參:출근)을 했다가 그 길로 홀연히 사라져 버려 돌아오지 않았다.

그렇게 이제나저제나 기다린 세월이 어느덧 육 년이나 흘러 버리고 말았다.

이렇게 오래 헤어져 있을 줄 알았더라면 육 년 전 그날 아침에 조금이라도 더 살갑게 대해줄 것을, 아침 밥상에 고기반찬이라도 해서 내놓았더라면 그 투박한 남편의 손을 한 번 꼭 잡아보기라도 했을 것을, 그녀는 육 년 동안 내내 그런 후회들을 달고 살아왔었다.

"왔으면 들어오지 않고서……."

중년 여인 당하(唐荷)의 뒤에서 말소리가 들려오는가 싶더니 뒷말이 이어지지 않았다.

목소리의 주인은 아이들이 들어간 집의 안주인이며, 당하의 오랜 친구였다. 그녀는 언제나처럼 당하가 또 옛집을 보면서 애꿎은 제 가슴만 태우고 있는 것을 보고는 말끝을 흐린 것이다.

"그만 들어가자."

친구는 당하의 손을 꼭 잡고 집 안으로 이끌다가 말고 힐끗 골목 입구에 서 있는 여검사들을 쳐다보고는 얼른 시선을 거두었다.

"무슨 좋은 일 있어?"

당하는 마당을 가로질러 걷다가 친구의 얼굴이 약간 상기

되어 있는 것을 발견하고 의아한 얼굴로 물었다.

"아니, 공돈이 좀 생겨서 고기를 두어 근 끊어왔어. 우리 같이 요리해서 아이들과 먹자꾸나."

그때 여검사 한 명이 커다란 상자 두 개를 들고 들어와 마당에 내려놓고는 공손히 인사를 한 후 나갔다.

"올 때마다 뭘 이렇게……."

당하는 매월 한 번 자신이 살던 옛집을 보고 또 앞집에 살던 친구 집에 놀러오는 것이 유일한 낙이었다. 만약 그마저도 없었더라면 그녀와 아이들은 견디기 어려웠을 것이다.

그리고 당하는 친구 집에 올 때마다 옷이며 귀한 먹을거리 등을 꼭 가져왔다.

사실 그것은 설란후 정지약의 배려였다. 덕분에 당하의 친구 가족은 남편의 어설픈 벌이에도 불구하고 지난 육 년 동안 풍족하게 생활할 수 있었다.

당하의 남편은 육 년 전까지만 해도 중천오세 중에 하나인 진천방 비응당 휘하의 말단 향주로 있었다. 향주의 녹봉이라는 것이 워낙 빈한해서 살림은 늘 쪼들렸지만, 그래도 다섯 식구는 오순도순 행복했었다.

육 년 전의 그날은 남편에게 보름에 한 번씩 찾아오는 당직을 서야 하는 날이었다. 그래서 하루를 꼬박 진천방에서 보낸 후 다음날 아침에 집에 돌아오기로 되어 있었다.

그런데 남편이 집에 돌아올 시간이 두어 시진이나 남은 새벽녘 인시(寅時:새벽 4시경)쯤에 누군가가 곤히 잠들어 있는 당하를 깨웠다. 나중에 알게 되었지만, 그녀를 깨운 사람은 설란궁의 여검사였다.

설란후 정지약은 진천방 향주 현조운에게 설무검을 데리고 도주하라고 부탁한 후, 수하들에게 명령하여 그의 가족을 설란궁으로 데려오라고 지시했던 것이다.

그렇게 아무 영문도 모른 채 반강제로 설란궁에 가게 된 당하와 세 아이는 그날부터 지금까지 설란궁 궁주의 전각에서 함께 생활했었다.

만약 정지약이 미리 손을 쓰지 않았더라면 당하와 세 아이는 그날 낮에 들이닥친 진천방 색혼당 수하들에게 끌려가서 모진 고문을 당했을 것이다. 그랬으면 지금껏 살아 있을지는 미지수였다.

정지약은 지난 육 년 동안 남편에 대해서 당하에게 한마디만 했을 뿐이었다. 현조운이 돌아올 때까지 자신이 당하와 아이들을 정성껏 돌볼 것이라고.

집 안에 들어선 당하는 언제나 그랬던 것처럼 팔을 걷어붙이고 주방으로 향했다. 몸을 부지런히 움직이고 있는 동안만큼은 추억 때문에 괴로워하지 않아도 된다. 그래서 그녀는 평소에도 몸을 아끼지 않는 편이다.

마당에서 아이들이 어울려서 뛰어노는 소리가 시끄럽게 들려오고 있었다.

"고기는 어디에 있지?"

친구가 사왔다는 고기를 자신이 직접 요리할 생각인 당하는 주방에서 두리번거리며 물었다.

그때 친구가 말없이 당하의 소매를 잡아끌었다.

당하가 돌아보자 친구는 몹시 긴장한 표정으로 손가락을 입에 대며 말하지 말라는 시늉을 해 보였다.

당하는 몹시 이상한 느낌이 들었지만 친구가 이끄는 대로 무심코 방 안으로 따라 들어갔다.

그녀가 방에 조심스럽게 들어서면서 가장 먼저 발견한 것은 우람한 체구의 한 사내가 등을 보인 채 벽을 향해 우뚝 서 있는 모습이었다.

"……."

친구는 방을 나간 후 가만히 방문을 닫아주었다.

그러나 당하는 친구가 나간 것도, 방문이 닫힌 것도 느끼지 못했다. 그녀의 시선은 전면에 서 있는 사내의 너른 등에 못 박혀 있었고, 눈도 깜빡이지 않았다.

한껏 부릅떠진 눈, 얼굴에 가득 떠오른 경악지색.

그녀의 몸이 사시나무 떨듯이 부들부들 떨리고 있었다.

그녀는 등을 보이고 있는 사내가 누군지 안다. 그 사내를

너무도 사랑했었고, 지금도 사랑하고 있으며, 그 사내를 너무
나 오랫동안 기다렸기에 그의 얼굴을 보지 않고서도 알 수 있
었다.

이윽고 사내가 천천히 몸을 돌렸다. 사내는 예전과는 달리
코 밑과 입 주변에 짧고 검은 수염을 기른 모습이지만, 예전에
비해서 더욱 건장해졌으며 훨씬 젊게 보였다. 마치 육 년이라
는 긴 세월이 사내만 비껴서 스쳐 간 것 같은 모습이었다.

사내는 당하를 바라보면서 부드러운 미소를 입가에 머금
고 있었다.

그러나 당하는 언제부턴가 울고 있었다. 걷잡을 수 없는 눈
물이 폭포처럼 흘러넘쳤다.

사내 현조운은 손가락 하나를 입 앞에 세워 보였다. 소리를
내지 말라는 뜻이다. 그러더니 그도 눈물을 흘리기 시작했다.

현조운은 하나뿐인 팔을 한껏 벌리면서 성큼 당하에게 다
가갔다.

당하는 무너지듯이 그의 품에 쓰러져 안겼다. 그리고는 입
술을 깨물면서 몸부림을 치고, 작은 두 주먹으로 현조운의 가
슴을 두드리고, 두 손을 뻗어 그의 얼굴을 닳도록 쓰다듬으며
확인하고 또 확인했다.

그렇게 해서 어찌 육 년여의 그리움과 안타까움이 풀어지
겠는가마는, 그래도 그녀는 몸부림을, 눈물을, 그런 행동을

멈추지 않았다.

현조운은 미소 지으면서 눈물을 흘렸다. 뭐라고 표현할 길 없는 기쁨과 행복이 눈물과 함께 샘솟았다.

그는 아내를 깊이 끌어안은 채 등을 토닥여 주었다.

"고생 많았다. 그러나 조금만 더 참아라. 곧 너희를 데리러 오겠다."

당하의 고막이 웅웅 울렸다. 그 말은 귀로 들리는 말이 아니라 그녀의 가슴속에서 메아리치는 말 같았다. 현조운의 전음이었다.

"여보, 정말 보고 싶었다."

현조운은 아내를 더욱 힘주어 끌어안았다.

*　　　*　　　*

설영은 조금 더 속도를 늦추어서 추격하고 있는 세 명의 혼천도수들과의 거리를 유지시키며 힐끗 돌아보았다.

지금 그는 좁은 골목길을 달리고 있는 중이다. 여기는 낙성삼절진이 펼쳐졌던 장소에서 칠팔 리 이상 떨어진 비교적 안전한 곳이었다.

설영이 낙성검수들의 포위망을 뚫고 탈출했을 때 추격한 자들은 모두 혼천도수들이었다.

그는 반호가 쏜 화살의 힘과 유운무풍의 경공으로 혼천도수들을 충분히 따돌린 후, 그들 중에서 가장 앞선 자들을 유인하기 위해서 나중에는 일부러 천천히 달렸다.

지금 추격해 오고 있는 세 명은 혼천도수들 중에서 경공이 가장 뛰어난 자들이었다. 그들 뒤에서 추격해 오는 동료들은 워낙 멀리 떨어져 있어서 보이지도 않았다.

설영과 세 명의 혼천도수와의 거리는 대략 오 장여.

설영은 골목의 모퉁이를 돌자마자 갑자기 위로 솟구쳐 어느 집 지붕에 소리없이 내려섰다.

단소예는 무언가를 예감한 듯 호흡을 멈춘 채 뺨을 설영의 등에 밀착시켰다.

그때 추격하던 세 명의 혼천도수들이 아무것도 모른 채 모퉁이를 막 돌았다.

순간 설영이 번쩍 신형을 날려 그들 머리 위로 추호의 기척도 없이 쏟아져 내렸다.

세 명의 혼천도수는 설영을 놓치고 그 자리에 멈춘 채 주위를 두리번거렸다.

그중 한 명이 허공을 쳐다보다가 설영을 발견하곤 얼굴에 놀라움이 가득 떠올랐다. 그러나 그는 미처 소리를 지르지도, 피하거나 도를 뽑아 반격을 하지도 못했다.

사삭!

설영의 손에서 검이 춤을 추며 세 줄기 반달 모양의 빛살을 뿜어냈다.

단 세 번의 간명한 동작에 혼천도수 세 명은 찍소리도 내지 못하고 즉사했다.

설영이 사뿐히 땅에 내려선 다음에야 그들의 몸이 기우뚱 쓰러졌다.

설영은 재빨리 손을 뻗어 왼손에 한 명, 오른손으로는 두 명의 팔을 모아서 쥐고는 다시 달리기 시작했다.

여태까지는 설영이 한 손으로 단소예의 엉덩이를 받치고 있었기 때문에 그녀는 설영의 어깨를 가볍게 잡고만 있어도 괜찮았다. 하지만 지금은 그가 두 손에 혼천도수를 잡은 상태에서 달리고 있으므로 단소예는 몸의 앞쪽을 설영의 등에 최대한 밀착시키고 두 팔을 그의 겨드랑이 아래로 넣어 가슴을 꼭 끌어안았다.

그녀는 설영이 추격자들을 처치하려는 것인 줄만 알았다가 그가 시체를 갖고 가는 것을 보고 이유가 몹시 궁금했지만 묻지는 않았다.

설영은 네 갈래 길이 나타나자 한복판에서 빠르게 사방을 살피더니 곧 우측으로 꺾어져서 계속 달렸다.

단소예는 귓전으로 바람 소리가 맹렬하게 들리고, 골목의 담들이 쏜살같이 뒤로 물러가는 것을 보면서 설영이 여태까지보다 훨씬 더 빠르게 달리고 있는 것을 느꼈다.

그녀는 그제야 설영이 조금 전에 죽인 혼천도수들을 유인하려고 일부러 천천히 달렸다는 사실을 깨달았다. 이제 보니 설영은 혼천도수가 필요했던 것이다.

그러나 그들에게서 무엇인가를 알아내기를 원한다면 살려 놨어야만 하는데 죽은 시체를 가져가서 어디에 사용한다는 말인가?

팍!

골목의 끝에는 넝쿨이 무성했는데, 설영은 넝쿨을 그대로 뚫고 들어갔다.

폭 이 장 정도의 넝쿨 너머는 아래로 푹 꺼지는 지형이었으며, 그곳에는 작은 실개천이 흐르고 있었다. 그는 물 흐르는 소리를 들었던 것이다.

실개천가에는 키 큰 잡풀이 무성했으며, 여기저기 바위들이 흩어져 있어서 잠시 동안 몸을 감추고 있기에는 적당할 듯했다.

설영은 실개천가에 버티고 있는 제법 큰 바위 옆에 이르러서 소리없이 멈추었다. 이어서 혼천도수 세 명의 머리 쪽을 실개천 쪽으로 향하도록 나란히 눕힌 후에 단소예를 내려놓았다.

그리고는 즉시 품속에서 예리한 회검(懷劍) 한 자루를 꺼내 움켜쥐고 혼천도수 머리맡에 바짝 다가앉았다.

단소예는 설영이 대체 무엇을 하려는지 몹시 궁금해서 바위 아래에 웅크리고 앉아 지켜보았다.

설영은 한 명의 혼천도수 목젖 바로 윗부분에 회검을 갖다 대더니 귀 쪽을 향해 조심스럽게 그어나갔다.

검끝은 귀 안쪽을 지나 머리카락과 얼굴의 경계 부위에서 머리카락 쪽으로 한 치 정도 들어간 부위를 긋고, 다시 이마 위와 반대편 귀, 그리고 처음에 시작했던 목젖 윗부분으로 돌아와서야 멈추었다. 그리고는 베어진 목젖 부위에 손가락 하나를 집어넣더니 조심스럽게 들어 올렸다.

투둑!

얼굴 가죽이 살에서 떨어지는 소리가 섬뜩하게 들렸다.

"……!"

단소예는 그 광경을 보면서 자신의 눈을 의심했다. 설영은 지금 혼천도수의 얼굴 가죽, 즉 인피(人皮)를 벗겨내고 있는 것이었다.

지이이!

인피가 얼굴에서 분리되면서 모골이 송연한 소리를 계속 흘려냈다.

설영은 최대한 얇게 박피(剝皮)하기 위해서 한 손으로 인피를 떼어내는 한편 다른 손의 회검으로 인피와 살점을 조심스럽게 가르며 분리시켰다.

두 손이 피범벅이었지만 조금도 개의치 않았으며 눈도 깜빡이지 않았다.

단소예는 눈앞의 설영이 자신이 알고 있던 사람이 아닌 것만 같았다. 지금 그의 잔인한 모습은 지옥의 야차나 나찰과 다름이 없어 보였다.

'설마 인피면구를 만들려고……'

단소예는 그제야 설영의 의도를 짐작했다. 설영이 무엇을 하건, 옳은 판단을 내렸을 것이라고 믿고 있는 단소예였다. 하지만 지금 눈으로 보는 현실은 너무도 잔인해서 끝내 고개를 돌려 외면하고 말았다.

단소예는 인피면구가 변장을 하기 위해서라는 것, 사파인이나 좋지 못한 사람들이 사용한다는 것 정도만 알고 있을 뿐이지, 한 번 본 적조차 없었다.

설영은 집중을 하느라 단소예에게 자신이 무엇을 하는 것인지 설명을 하는 것마저 잊고 있었다.

아니, 굳이 설명을 해서 무엇 하겠는가. 그런다고 사람 얼굴에서 인피를 벗겨내는 광경이 덜 끔찍하게 보이는 것도 아닐 것이다.

단소예는 바위에 등을 대고 두 무릎을 세운 채 무릎 사이에 얼굴을 파묻고는 눈을 꼭 감았다. 그런데도 방금 전에 본 끔

찍한 광경이 자꾸만 머릿속에서 생생하게 그려졌다.

설령 강호에서 산전수전 두루 겪은 풍부한 경험을 지닌 사람이 이 광경을 보더라도 질겁할 일인데, 그녀로서는 당연한 반응이었다.

반 시진 후, 설영은 혼천도수 세 명에게서 인피를 완전히 벗겨냈다. 얼굴 피부가 완전히 벗겨진 세 명의 혼천도수의 얼굴은 피범벅이 된 시뻘건 핏빛 살덩이뿐이어서 여간 끔찍해 보이지 않았다.

스스슥!

설영은 일말의 감정도 없는 듯 지체없이 회검으로 세 명의 혼천도수의 얼굴을 마구 난자했다. 나중에 누군가에게 발견되더라도 얼굴을 알아보지 못하게 하려는 의도였다.

이어서 목을 자른 후 세 개의 머리통을 실개천 맞은편의 우거진 넝쿨 속으로 던졌다.

그리고 머리가 없는 몸뚱이들은 이쪽 편 넝쿨 속으로 끌고 가서 깊숙한 곳에 감추었다. 그 정도면 쉽사리 발견되지는 않을 듯했다.

그는 세 장의 인피를 쥐고 다시 원래의 자리로 돌아와 물가에 앉아서 잠시 실개천을 물끄러미 응시했다.

사실 그는 지금 속이 무척 메슥거려서 토악질이 날 것만 같았고, 머리가 어질어질했다. 원래 여린 성품인 그였으니 사람의 인피를 벗기는 일이 어찌 역겹지 않겠는가. 살인은 해봤지만 대부분 사혈을 찌르거나 베었기 때문에 상대는 고통조차 느끼지 못했다.

팔을 자른 것은 장도명이 처음이었다. 하지만 그놈이라면 팔이 아니라 배를 갈라서 내장을 끄집어내도, 사지를 절단하고 뇌수를 갈아마셔도 웃으면서 할 수 있을 것 같았다.

하지만 이것은 아니었다. 필요에 의해서 살인을 했고, 인피를 벗기는 것은 죽은 자를 모욕하는 짓이었다.

'반드시 살 것이다!'

설영은 어금니를 악다물었다. 이렇게까지 했는데 죽는다면, 너무 억울할 것이다. 지금보다 훨씬 더 힘을 길러서 형 설무검의 죽음과 중천군림성의 멸망의 진상을 낱낱이 파헤쳐 거기에 터럭만큼이라도 연루된 자들을 모조리 응징해야만 한다.

그것 때문에 그는 아직까지 숨을 쉬며 살아 있는 것이 아니겠는가? 살아남아서 목적을 이루려면 이것보다 더한 일이라도 웃으면서 할 수 있어야 한다.

마음을 추스르며 굳게 마음먹자 메스꺼움과 어지러움이 많이 사라졌다.

설영은 한차례 길게 심호흡을 한 후 쥐고 있던 세 장의 인피를 펼쳤다.

시간이 별로 없었다.

게다가 이곳은 아직 안전한 곳이 아니어서 언제 노출될지 모르는 상황이다. 서두르지 않으면 양궁표의 도움도 헛수고가 되고 만다.

설영은 인피면구를 만드는 방법은 알고 있지만, 그것을 만들기 위한 도구를 갖고 있지 않았다. 원래 살수는 그런 것을 지니고 다니지 않는다.

그는 인피를 편편한 돌 위에 안쪽이 위로 가게 하여 펼쳐 놓고는 그곳에 더덕더덕 붙어 있는 작은 살점들을 회검으로 말끔히 긁어냈다. 이어서 몇 차례에 걸쳐서 물에 깨끗이 씻은 후 바위 그늘에 펼쳐 놓았다.

원래는 유황 가루와 몇 가지 약초의 즙을 더 첨가한 특수한 액체에 사흘 이상 담가두어야 인피가 부드러워지고 햇볕에 노출돼도 수축되지 않는다.

하지만 지금은 그럴 만한 여유도 조건도 전혀 갖추어져 있지 않았다. 그저 흉내만이라도 내서 인피면구를 얼굴에 쓰자마자 오그라드는 최악의 상황을 방지할 수밖에 없었다.

인피를 햇볕이 전혀 들지 않는 응달에 고루 펼쳐 두고 설영과 단소예가 넝쿨 속에 죽은 듯이 숨어 있은 지 반 시진이 지나고 있었다.

이제 더 이상은 기다릴 수가 없었다. 설영은 단소예를 들쳐 업고 넝쿨에서 빠져나와 바위 그늘에 널어놓은 인피들을 집어 들었다.

이어서 아까 봐두었던 실개천 하류 쪽의 몇 그루 나무를 향해 전력으로 쏘아갔다.

나무는 개천가에 흔한 버드나무였다. 그가 회검으로 버드나무의 줄기를 반 자가량 베자 잠시 후에 맑은 색의 수액이 흘러나왔다.

넓적한 넝쿨 잎사귀에 수액을 충분히 받아 다시 근처의 넝쿨 속으로 숨어들었다.

세 장의 인피는 크기가 비슷했지만 그중에서 조금 더 작은 것을 고른 후 단소예를 똑바로 앉게 하고 인피를 그녀의 얼굴에 갖다 댔다.

단소예가 놀라서 움찔하자 설영은 동작을 멈추고 미안한 표정으로 그녀를 바라보았다.

"소예야, 이것은……."

"미안해. 이젠 됐어. 어서 하던 일을 계속해."

설영이 차분히 설명하려고 하자 단소예는 그보다 더 미안한 표정을 지었다.

그녀는 설영이 왜 인피를 벗겼는지, 아니, 벗겨야만 했는지 잘 알고 있다. 이런 상황에서 그녀가 몸을 사린다든가 투정을 부리는 것 자체가 지나친 사치였다. 설영은 인피를 벗기기까지 했는데, 자신이 그것을 쓰지도 못한다는 것은 말이 되지 않았다.

설영은 얼굴을 내민 채 눈을 감고 가만히 있는 단소예를 잠시 묵묵히 바라보다가 인피를 그녀의 얼굴에 대고 재단을 시작했다.

그녀의 얼굴은 워낙 작고 갸름한 반면에 오히려 인피는 너무 커서 제대로 된 인피면구가 나올는지 설영은 은근히 걱정이 앞섰다.

第五十一章
네가 죽어 한 줌의 흙이 되면

털썩!

"으으……."

장도명은 일어나보려고 힘을 쓰다가 오만상을 찌푸리며 도로 침상에 쓰러지듯이 눕고 말았다.

"그냥 누워 계십시오."

장도명을 부축하던 손을 놓으며 태무가 염려스러운 표정으로 말했다.

태무는 낙영루에 왔다가 장도명의 연락을 받고 두 시진 전에 이곳 낙성검가에 왔다. 태무는 이번처럼 장도명의 명령을 수행하기 위해서 먼 길을 다녀오는 일이 아니면 사부인 장도명과 떨어져 있는 경우가 별로 없는 편이다.

"으음! 소영 그놈을 씹어 먹지 않고는 분이 풀리지 않을 것이다!"

장도명은 핏발 선 눈으로 분노를 짓씹었다.

태무는 착잡한 마음을 가눌 길이 없었다. 그런 것은 그의 얼굴에도 역력하게 드러나 있었다.

그는 낙영루에서 루주이며 자신의 심복인 낙화귀도 만나지 못했다.

낙영루의 책임자는 낙화귀가 마차에 장도명을 모시고는 어디론가 출발한 후 아직까지 돌아오지 않았다고 태무에게 말해주었다. 또한 어떤 미모의 여자가 루주의 방을 차지하고는 영업을 강행하라고 명령하다가 그녀 역시 홀연히 사라져 버렸다는 얘기도 해주었다.

태무는 그녀의 용모가 설영과 함께 있던 여자와 닮았음을 깨닫고 그녀가 정미라고 판단했다. 물론 정미라는 이름은 모르고 있었다.

태무는 그녀가 무엇 때문에 낙영루에 있었는지, 그리고 장도명은 왜 낙성검가에 있는 것인지 알 수가 없었다. 또 어째서 낙화귀는 함께 있거나 낙영루로 돌아오지 않은 것인지 짐작조차 하지 못했다.

그는 개봉과 낙양에서 일어난 일에 대해서는 별로 아는 것
이 없었다. 두 명의 살수가 금호방주를 암살했다는 것, 그래
서 그들을 잡으려고 낙양의 방파와 문파들이 총출동됐다는
것 정도만 알고 있었다.

장도명은 원래 제자인 태무에게까지도 말이 인색하고 비
밀이 많은 편이다. 혈월단의 대소사는 물론이고 지금 암중에
꾸미고 있는 계획도 그 혼자서 전단(專斷)하고 있는 실정이었
다. 그래서 혈월단의 일이나 주변의 자질구레한 일들은 태무
가 알아서 눈치껏 처리해 왔었다.

워낙 꼼꼼하고 남을 믿지 못하는 위인이라서 제자인 태무
조차도 신임하지 않는 것이었다.

만약 태무가 총명하고 눈치 빠른 사람이 아니었다면, 장도
명의 지나친 함구 때문에 일이 잘못돼도 이미 여러 번 잘못됐
을 것이다.

그런 장도명이 자신이 어떻게 해서 낙성검가에 들어와 기
거하게 되었으며, 어쩌다가 왼팔이 어깨 바로 아래에서부터
뭉텅 잘려 나갔는지에 대해서 설명을 해주지 않는 것은 별로
이상한 일이 아니었다.

다만 장도명이 벌써 여러 차례 '소영'이라는 이름을 들먹
이면서 극도의 분노를 터뜨리는 것으로 미루어, 태무는 그의
왼팔을 자른 사람이 혹시 설영이 아닌가 하고 놀라면서도 의

아해하고 있는 중이었다.

그러나 태무는 만에 하나 설영이 장도명의 팔을 잘랐다고 하더라도, 그럴 만한 충분한 이유가 있었을 것이라고 생각할 터이다.

그는 그만큼 설영이 터무니없는 짓을 할 사람이 아니라는 사실을 잘 알고 있으며, 또한 믿고 있었다. 장도명의 왼팔이 잘린 것은 과연 놀라운 일이지만 태무를 상심하게 만들지는 않았다. 장도명과 태무는 그런 감정의 교류를 주고받을 만큼 정겨운 사제지간이 아니었다.

"으음! 일은 제대로 처리했느냐?"

"네, 사부님."

장도명이 눈을 감은 채 분을 삭이면서 묻는 말에 태무는 꼿꼿하게 앉은 자세로 고개를 숙였다.

"으드득! 그 어린 개자식을 반드시 죽이고야 말겠다!"

장도명은 생각하지 않으려고 해도 자꾸만 생각난다는 듯 여태까지보다 더 울분을 터뜨리면서 주먹으로 침상을 두드리며 이를 갈았다.

그는 자신이 낙화귀에게 명령하여 설영을 낙성검가에 팔아넘기려고 했다는 사실에 대해서는 추호도 가책을 느끼지 않고 있었다. 그러면서도 그가 자신의 팔을 자른 것에 대해서는 원한을 품는 이율배반적인 모습을 보이고 있었다.

"그녀가 너에게 무언가를 주지 않더냐?"

장도명은 방금 전까지 분노에 몸을 떨더니 곧 언제 그랬냐는 듯이 근엄하게 물었다.

"이것을 전해드리라고 했습니다."

태무는 품속에서 한 통의 서찰을 꺼내서 공손히 두 손으로 바쳤다.

서찰은 봉투에 담겨진 채 굳게 봉해져 있었다. 밀서(密書)인 것이다.

이 밀서는 중간에서 누가 개봉해서 읽었다면 식별할 수 있도록 보내는 쪽에서 장치를 해두었다. 그것은 은밀하게 숨어 있는 세작(細作:첩자)과 장도명과의 사전에 약속된 일이었다.

"꺼내라."

손이 하나뿐이라는 사실을 깨달은 장도명은 신경질적으로 밀서를 태무에게 던졌다.

평소의 그는 다른 사람들에게는 최대한 예의를 지키면서 매우 학식있고 덕망 높은 사람처럼 행세하지만, 태무를 비롯한 자신의 측근들이 있는 곳에서는 굳이 성질을 감추려고 애쓰지 않았다.

바로 그것이 그의 미천한 본성이었고, 남들 앞에서 하는 것은 위선이었다.

찍!

태무는 밀서의 끝을 찢어 정갈하게 접힌 서찰을 장도명에게 바쳤다.

장도명은 접힌 서찰을 펴기 위해서 이불 위에 놓고 한 손으로 펼치느라 애를 먹었지만 태무는 바라보기만 할 뿐 도와주지 않았다.

장도명은 태무가 비록 하나뿐인 제자인데도 불구하고 자신에게 보내온 그 어떤 서찰이라도 읽게 해준 적이 단 한 번도 없었다. 서찰뿐만 아니라 그는 철저하게 모든 비밀과 이익을 혼자 독점했다.

자신 외에는 아무도 믿지 않기 때문이다.

그것은 자신만이 가장 소중하고 중요한 존재라고 믿는 사람들의 특성이었다.

태무는 조용히 일어나서 뒤돌아섰다.

장도명이 서찰을 읽을 동안은 돌아서 있어야 한다. 서찰에 투영되는 글씨를 반대편에서 읽지 못하게 하기 위해서 장도명이 만들어낸 규칙이었다.

"흠! 이번에는 그녀가 쓸 만한 것을 알아냈군."

서찰을 접는 소리에 태무가 돌아서자 장도명은 입가에 흡족한 미소를 짓고 있었다. 서찰의 내용이 마음에 든 모양이라서 이 순간만은 왼팔의 고통과 원한을 잠시 잊은 듯했다.

"신봉각은 어떻더냐?"

장도명은 서찰을 한옆에 치우면서 그저 지나가는 말처럼 물었다.

"무엇 때문인지는 모르지만 매우 어수선하고 침잠된 분위기였습니다."

장도명은 당연하다는 듯 코웃음을 쳤다.

"흥! 은자랑과 한효령이 애지중지하는 놈이 살행에서 아직 돌아오지 않고 있으니 당연하겠지!"

태무는 장도명의 명령으로 신봉각에 다녀왔다. 그는 그곳에 심어둔 세작에게 장도명의 명령을 전하고 밀서를 받아서 돌아온 길이다.

태무는 여러 차례 신봉각에 가서 세작을 은밀하게 만났었지만 세작이 한 사람이며 여자라는 것, 그리고 얼굴을 알 뿐 신봉각에서의 그녀의 신분이나 다른 것들에 대해서는 일체 모른다.

'놈?'

태무는 얼굴에는 드러내지 않고 속으로만 의아한 듯 중얼거렸다.

신봉각주의 이름이 은자랑이고, 새로 검풍루주가 된 사람의 이름이 한효령이라는 것은 태무도 알고 있었다. 그리고 그녀들이 애지중지하는 사람이 다름 아닌 설영이라는 것도 알고 있었다.

그러나 태무가 알고 있기로 설영은, 아니, 소영은 분명히 여자였다.

그런데 방금 장도명은 분명히 '놈'이라고, 즉 남자를 지칭하지 않았는가.

태무는 장도명이 실언을 했을 것이라고 생각했다. 설영이 남자일 리가 없었다.

그러나 태무는 장도명의 말 중에서 설영이 아직 검풍루로 복귀하지 않고 있다는 사실을 알게 되었다.

그때 다시 장도명이 태무가 들으라는 듯이 입 끝을 비틀면서 득의한 미소를 흘려냈다.

"게다가 은자랑의 여동생 은리라는 계집애가 소영 그놈을 죽도록 연모하고 있으니, 만약 그놈이 죽었다는 소식을 듣게 되면 아마 그 계집애는 제 명에 못 죽을 것이다."

순간 태무는 쇠망치로 머리를 호되게 얻어맞은 것 같은 충격을 받고 머리가 멍해졌다. 장도명이 아까 설영을 '놈'이라고 말한 것은 실수가 아니었다. 그는 방금 또 '소영 그놈'이라고 했다.

그렇다면 장도명이 설영에 대해서 무언가 잘못 알고 있는 것인가?

아니, 그럴 리가 없다. 설영은 늘 여자 옷을 입고 있었는데 잘못 봤을 리가 없지 않은가. 더구나 검풍루는 오직 여자만 살수가 될 수 있는 곳이 아닌가 말이다.

그러나 장도명이 아무런 근거도 없이 설영을 '놈'이라고 남자처럼 지칭할 리가 만무했다.

그는 태무는 모르고 있는 그 어떤 비밀 같은 것을 알고 있는 것이 분명했다. 게다가 은리가 소영을 죽도록 연모하고 있다고도 말했다. 틀림없이 설영을 말하는 것이었다.

태무가 알고 있는 장도명이라는 사람은 나쁜 점을 숱하게 많이 갖고 있지만, 결코 근거 없는 말은 하지 않았다.

장도명이 태무를 힐끗 쳐다보며 불쑥 물었다.

"넌 은리라는 계집애를 좋아하고 있지?"

"……."

태무는 대답하지 않았다. 아니, 너무 큰 충격을 받아 머리가 텅 빈 것 같아서 대답을 할 수가 없었다.

그가 장도명의 물음에 대답을 하지 않은 것은 이번이 처음 있는 일이었다.

이 년 전까지만 해도 장도명은 언제나 태무를 데리고 신봉각에 갔었다. 장도명처럼 예리한 사람이 태무가 신봉각에서 어떻게 행동했었는지를 모를 리가 없었다. 태무의 눈길이 늘 어딜 향하고 있었는지, 그럴 때 그의 눈빛이 어떠했었는지를 장도명은 너무도 잘 알고 있었다.

행여 신봉각에 나와 있는 설영이라도 만나서 은리의 방에 놀러갈 수 있을까 두리번거리던 태무의 모습을 한두 번 본 것이 아니었다.

장도명은 태무가 은리를 몹시 연모하고 있다는 자신의 짐작을 굳게 믿었다.

"그가… 정말 남자입니까?"

마침내 태무는 그렇게 묻고 말았다.

장도명은 이런 식의 질문을 무척 싫어했는데, 그것을 잘 알고 있는 태무는 평소에 중요한 일이 아니면 질문을 일체 하지 않았었다.

그런데도 태무는 질문을 했다. 할 수밖에 없었다. 장도명이 화를 내면 감수할 각오였다.

"그렇다. 나는 내 손으로 그놈의 바지를 직접 벗겨서 사타구니에 불알이 달린 것까지 확인했었다."

장도명은 화를 내지 않았다. 설영이 남자라는 사실을 알고 태무가 충격 받을 것을 대신 보상으로 삼은 것이다.

장도명은 태무의 반응을 기다렸다. 그리고 그는 충분히 만족했다. 과연 태무는 큰 충격을 받고 한동안 얼이 빠진 표정이었다.

장도명은 자신 외에 누가 잘되는 것을 병적으로 싫어하는 성격이다.

똥구멍이 찢어지게 가난했던 어부의 아들이었으며, 이후 부친이 모아놓은 돈을 들고 가출하여 나름대로 한 방면에서 자수성가하기까지 헤아릴 수 없이 수많은 고통을 겪었던 그는 그 고통을 준 대상이 세상이라고 단정했고, 그래서 세상의 그 누구라도 잘되는 꼴을 보지 못하는 비뚤어진 성격이 형성되고 말았다.

그것은 가끔씩 피붙이처럼 느끼기도 하는 제자 태무에게까지 예외 없이 습관처럼 적용됐다.

이윽고 장도명의 입가에 떠올라 있는 미소가 조금 더 짙어졌다. 그는 태무가 더 괴로워할 말을 갖고 있다는 사실이 자랑스러웠다.

"은리라는 어린 계집애는 소영이 놈이 남자라는 사실을 오래 전부터 알고 있었기 때문에 그토록 좋아했었던 게다. 어쩌면 그 어린 연놈들은 진작부터 어른 흉내를 내면서 붙어먹었을지도 모르는 일이지."

말인즉, 설영과 은리는 서로 깊이 사랑하는 사이로 오래 전부터 부부 행세를 하면서 육체 관계까지 맺었을 것이라는 지나친 비약이었다.

장도명은 태무가 괴로워하는 것을 즐기기도 했지만, 사령단에 대한 원한이 골수에 맺혀 있었다. 그래서 태무가 그쪽의 여자인 은리를 연모하는 것을 달갑지 않게 여겼다.

은리가 태무에게 매달린다면 또 모르는 일이지만, 장도명이 보기에도 은리는 쌀쌀맞은 데도 불구하고 오히려 태무가 남몰래 짝사랑을 하면서 제 속만 태우는 것 같아서 더욱 마음에 들지 않았다.

과연 태무는 큰 충격을 받았지만, 장도명이 생각하는 만큼은 아니었다. 태무는 장도명이라는 괴팍한 사부를 만난 이후 나름대로의 처세술을 익히게 되었다. 오직 사부에게만 적용될 뿐 다른 사람에겐 사용하지 않는 처세술이었다.

지금 그는 자신이 충격을 받은 것보다 더욱 격한 표정을 일부러 지어 보이면서 장도명이 안심하도록 하는 방법을 구사하고 있었다. 그러면서 그는 몇 가지 사실을 자신의 눈으로 직접 본 것처럼 선명하게 확인할 수 있었다.

설영과 정미는 태무가 가르쳐 준 대로 낙영루로 찾아와서 당분간의 피신처로 삼았다. 태무는 평소에 심복들에게 설영에 대한 말을 자주 했으므로 낙화귀는 설영 일행을 한눈에 알아봤을 것이고, 또 극진히 대접했을 것이다.

장도명이 설영의 바지를 직접 벗겼다는 것은 사실일 것이다. 설영 정도의 실력자에게 그런 짓을 하려면 그를 제압해야만 가능했을 것이다.

거기에는 분명히 낙화귀가 이용됐다. 그는 설영을 제압하라는 장도명의 명령을 받고 몹시 갈등했겠지만, 결국 따를 수밖에 없었을 것이다.

　설영은 낙화귀가 태무의 심복이라는 사실을 아니까 추호도 경계하지 않았을 것이다. 낙화귀가 그런 설영에게 가까이 접근하여 제압하는 것은 여반장보다 쉬웠을 것이다.

　태무는 장도명이 여색을, 그것도 아름다운 어린 소녀를 병적으로 좋아한다는 사실을 잘 알고 있었다. 장도명은 측근들에게는 거칠 것 없이 행동을 했는데, 특히 태무 앞에서는 더욱 무람없이 굴었다.

　그러니 제자인 태무마저도 장도명을 사부로 따르며 두려워하기는 하지만, 여북하면 속에서 우러나는 붙좇는 마음이 한 움큼도 없겠는가.

　장도명이 낙화귀를 이용하여 설영을 제압했다면, 그녀처럼 천하에 다시없을 절색의 소녀를 그냥 내버려 뒀을 리가 없을 터. 그는 제압당한 설영을 겁탈하려 했고, 그 과정에서 설영이 남자라는 사실을 알게 됐다.

　태무는 바로 거기에서 한 가지 의문이 생겨났다. 과연 제압당해 있던 설영이 어떻게 장도명의 왼팔을 자를 수 있었던 것인가?

　순간, 태무의 뇌리를 번갯불처럼 스쳐 가는 것이 있었다.

　'영아는 개봉에 간다고 했었다!'

　그런데 지금 개봉과 낙양 일대에 파다한 소문은 개봉의 금호방주가 살수에게 암살당했다는 사실이다.

'금호방주를 죽인 살수는 영아다! 아! 바보같이 왜 이제야 그 생각을 한 것인가!'

그 사실을 깨닫자 그다음부터는 술술 풀렸다.

태무는 장도명을 따라다니다 보니 웬만한 무림의 대소사에는 정통하게 되었다.

예를 들어 삼천무림이 어떻게 구성되어 있으며, 그들 세 개의 무림에 무슨 일이 벌어지고 있으며, 어떤 인물들이 세력을 잡고 있고, 어떤 파벌들이 어떻게 경쟁 혹은 암투를 벌이고 있는지 따위는 훤했다.

그러므로 중천십이파의 하나였다가 중천오충이 된 금호방 방주가 암살당한 것이 중천무림에 어떤 파문과 영향을 끼쳤을 것인지 빠르게 계산할 수 있었다.

'중천무림에 적을 두고 있는 모든 방, 문파가 금호방주를 암살한 살수, 즉 영아를 원하고 있을 테고, 그래서 사부님은 영아를 유인, 제압해서 이곳 낙성검가에 넘겨 원하던 것을 손에 넣었을 것이다.'

모든 것이 딱 맞아떨어졌다.

태무는 내심으로 그렇게 중얼거리다가 힐끗 장도명을 쳐다보았다. 그에게 자신이 골똘하게 생각에 잠겨 있는 모습을 들키지 않기 위해서였다.

다행히 장도명은 조금 전에 읽었던 서찰을 다시 읽고 있는 중이었다.

'그런데 대체 어떻게 영아가 사부님의 팔을 자를 수 있었던 것이지?'

태무는 다시 최초의 그 의문으로 되돌아와서는 벽에 부닥치고 말았다. 그러나 그 의문은 지금 그가 알고 있는 정황으로는 풀리지 않을 것 같았다.

다만 한 가지 위안을 삼을 만한 것이 다시 떠올라 주었다.

'영아는 지금 이곳에 없는 것이 분명하다! 그가 사부님의 팔을 잘랐다면, 제압된 상태에선 불가능하다. 무슨 수로 자유로워졌는지는 모르지만, 영아는 사부님의 팔을 자르고 여길 탈출한 것이 분명하다!'

그렇게 생각하자 문득 태무는 아랫배에서부터 알 수 없는 힘이 불끈 솟는 것을 느꼈다.

'낙양에 들어오다 보니까 경계가 극심하던데, 역시 그것은 영아 때문이었어!'

그는 지그시 이를 악물었다.

'영아를 찾아내야겠어!'

설영이 남자라는 것. 그리고 은리가 그를 좋아한다는 사실은 충격적이었지만, 그것 때문에 설영에 대한 믿음과 우정이 변하지는 않았다.

이런 상황이 닥치기 전에는 태무 자신조차도 모르고 있던 사실이었다. 그는 자신이 생각하고 있던 것보다 훨씬 더 설영을 좋아하고 있는 것이 분명했다.

설영이 태무와 은리가 잘되게 해주려고 얼마나 노력했는지 잘 알고 있는 태무다. 그리고 진짜 설영을 믿는 이유는 말로는 설명할 수 없는 다른 무엇이 있었다.

그의 눈빛.

그의 목소리에서 느껴지는 향기.

추호도 거짓이 담겨 있지 않은 표정.

진심으로 태무를 위해주는 마음 등.

'영아가 남자였다고?

오히려 그 사실은 태무에게 신선한 활력소가 돼주었다.

어쨌든 지금은 설영을 찾아서 도움을 주는 것이 급선무다.

태무는 좋은 뜻에서 설영에게 낙영루를 소개했던 것인데, 결과적으로 그것이 설영을 해치고 말았다. 지금 설영이 어떤 절망적인 상황에 처해 있든, 그것은 순전히 태무 자신의 책임인 것이다.

"그놈이 아미파의 절학을 사용하다니… 대체 누구에게 배웠다는 말인가?"

그때 서찰을 읽으면서 다른 생각에 잠겨 있던 장도명이 혼잣말처럼 중얼거렸다.

'아미파 절학을?

태무는 의아한 생각이 들었다.

설영이 열두 살 어릴 때부터 검풍루에서 살수 수업을 받았다는 사실을 잘 알고 있는데 도대체 어디서, 누구에게 아미파 절학을 배웠다는 말인가?

장도명이 서찰을 접으면서 흐릿한 미소를 지으며 태무를 쳐다보았다.

"무야, 걱정하지 마라. 사부가 소영이 놈을 죽인 후 은리라는 계집애를 잡아다가 너에게 주마. 그때 너는 은리를 네 마음대로 다뤄도 좋을 것이다."

그는 태무에게 여러 가지 고통과 충격을 흠씬 주면서 그것을 마음껏 즐기더니, 이제는 사부로서 제자에게 큰 자비를 베푸는 마음을 즐기고 있었다.

그러나 그는 한 가지 간과한 것이 있었다. 태무가 장도명 자신 같은 성격인 줄 안 것이다. 그래서 태무와 설영의 우정을 아주 하찮게 여겨 언제든지 내버릴 수 있는 것으로 판단했다.

과연 태무는 장도명을 사부로 모시고 있는 동안에 많은 것들을 배웠었다.

하지만 그것들은 모두 장도명의 성격과 정면으로 배치(背馳)되는 것들이었다.

'나는 결코 사부 같은 인물은 되지 않겠다!

태무는 장도명을 사부로 모신 지 얼마되지 않았을 때 그런 결심을 했었으며, 지금은 그것이 금석처럼 단단해져 있는 상태였다.

*   *   *

설영과 단소예는 인피면구로 변장을 한 얼굴로 서문이 가까운 곳에 위치한 객잔에 들었다.

아직 땅거미가 깔리기 시작하는 초저녁이어서 객잔에 들기는 이른 시각이었다.

하지만 어설픈 인피면구를 쓰고 돌아다니다가 운 나쁘게 발각되는 것보다는 어느 한곳에서 심신을 쉬게 하면서 계획을 짜는 편이 나을 것 같다고 판단했다.

점소이도 초저녁에 들어서는 두 남자를 그리 수상쩍게 생각하지는 않았다.

두 사람 다 찌들고 지친 얼굴과 행색이어서 영락없이 여행객처럼 보였기 때문이다.

두 사람은 방 하나를 얻었다. 언제 무슨 일이 발생할는지 모르는 터에 방 두 개를 얻어 따로 떨어져 있는 것은 위험천만한 일이었다.

이번 살행을 떠나기 전까지만 해도 강호 경험이라고는 전무했던 설영이었다.

그러나 금호방주를 암살한 이후 단 하루도 편할 날 없이 줄곧 쫓기는 신세를 면하지 못했던 터라, 이젠 어느 정도 이력마저 생겨서 어설픈 실수 따윈 저지르지 않았고 매사에 철저를 기하게 되었다.

설영과 단소예는 무사히 객방에 들어왔지만 여전히 온몸은 긴장감으로 팽팽한 상태였다.

설영은 청력을 극한으로 끌어올려 주위의 소리에 조심스럽게 귀를 기울였다.

단소예는 눈도 깜빡이지 않은 채 설영을 바라보았다.

잠시 후 설영이 공력을 거두며 가볍게 고개를 끄덕였다. 별이상이 없다는 뜻이다.

"답답하지? 조금만 참아."

설영이 부드럽게 속삭였다.

두 사람은 아직 인피면구를 벗지 않았다.

점소이에게 요리를 객방으로 가져오라고 주문했기 때문에 그가 올 때까지는 인피면구를 벗을 수도, 편히 쉴 수도 없는 상황이었다.

단소예는 바짝 긴장한 듯한 몸짓으로 보일 듯 말 듯 고개만을 까딱여 대답했지만 설영을 바라보는 눈빛만큼은 더없이 부드러웠다.

인피면구는 급박한 상황에서 만든 것인데도 제법 정교해서 그녀가 미소를 짓자 엇비슷하게 웃는 모습이 표현됐다.

문득, 설영이 자신의 뺨을 슥 쓰다듬으면서 물었다.

"내가 만약 이런 얼굴이었으면 어땠을까?"

"……."

단소예는 그의 말이 무슨 뜻인지 모르겠다는 듯 눈만 깜빡거렸다.

평소의 총명함이라면 대뜸 말뜻을 알아들었겠지만, 지금은 긴장한 상태라 설영의 말을 건성으로 들었다.

"우리가 처음 만났을 때, 내가 이런 모습이었어도 우린 가까워질 수 있었을까?"

설영이 쓰고 있는 인피의 모습은 찌그러진 눈에 약간 들창코였으며, 메기입처럼 크고 두툼한데다 얼굴이 문불사(蚊不死:곰보)처럼 얽은, 말하자면 지독한 추남이었다.

단소예의 눈에 아련한 기색이 감돌았다.

"바보."

"응?"

"그럼 너는 내가 아주 못생긴 얼굴이었다면 친구로 삼지 않았을 거라는 뜻이야?"

"그렇군."

설영은 머쓱한 미소를 지었다. 메기입이 헤벌쭉 벌어지고 박속처럼 흰 이가 약간 드러났다.

"난……."

그때 단소예의 목소리가 갑자기 낮아지면서 이슬처럼 촉촉하게 젖어들었다.

"나는 지난 육 년 동안 오직 너만 생각했어. 내 머릿속과 오장육부와 핏줄 속까지 가득가득 너와의 추억과 재회, 그리고 우리의 미래를 끝없이 그렸어."

"소예야……."

설영은 갑자기 가슴이 콱 메었다.

"만약 네가 죽어서 일부토(一抔土:무덤)가 됐다면, 나 역시 죽어 네 옆에서 일부토가 됐을 거야."

그녀의 말에 설영은 이번에는 아예 그녀의 이름을 부르지도 못했다. 가슴이 터져 버릴 것만 같았고, 목이 콱 메어서 아무 소리도 나오지 않았다.

다만 두 손을 뻗어서 사나운 눈에 얄팍한 입술, 밋밋하고 누런 그녀의 얼굴을 가만히 쓰다듬었다.

단소예는 그의 손을 잡았다가 쓰러지듯 가만히 그의 품에 안겨들었다.

"주문하신 요리 가져왔습니다!"

그때 갑자기 방문 밖에서 점소이의 커다란 외침이 들려오자 설영과 단소예는 똑같이 화들짝 놀라 동시에 벌떡 일어섰다. 자라 보고 놀란 가슴 솥뚜껑 보고 놀라는 격이었다.

설영은 수고비로 점소이에게 각전(角錢:잔돈)을 쥐어주고
는 갖고 온 쟁반을 받아들었다.

쟁반에 놓인 세 개의 큰 그릇에는 고량진미(膏粱珍味)가 가
득 담겨 있었다.

구수하고 맛있는 냄새가 실내 가득 퍼지자 긴장 때문에 잊
고 있었던 극심한 허기가 기승을 부리기 시작했다.

설영은 요리를 탁자 위에 놓은 후 단소예의 인피면구를 조
심스럽게 떼어냈다.

원래 인피면구를 얼굴의 맨살에 부착시키려면 특수한 약
물이 필요한 법이다. 하지만 그런 것이 없는 상황이라서 버드
나무의 수액을 면구 가장자리에 고루 발라서 면구용 아교로
대신 사용했었다.

설영은 단소예가 아픔을 느끼지 않게 하려고 여간 애를 쓰
는 것이 아닌데도 면구를 잡아당길 때마다 살갗이 찢어질 듯
이 팽팽하게 당겨졌다.

버드나무의 수액은 접착의 효능은 뛰어난 반면에 뗄 때 고
생을 해야 한다. 게다가 피부에 부작용이 생길 수도 있다.

이런 방법 역시 살수 수업에 포함되어 있었다.

설영은 물을 더욱 흠뻑 묻혀서 인피면구를 떼어냈지만 살
갗이 당겨지는 것은 마찬가지였다.

그런데도 단소예는 신음은커녕 얼굴 한 번 찌푸리지 않고 가만히 있었다.

설영은 그런 그녀가 대견했고 또 안쓰러웠다.

이윽고 단소예의 인피면구를 다 벗겨낸 후 설영은 자신의 인피면구는 턱 아래 끝부분 양쪽을 잡고 인피면구가 상하지 않도록 조심을 기하면서 별로 힘들이지 않고 한 번에 죽 잡아 뜯었다.

살갗이 찢어지는 듯한 고통쯤이야 별것 아니었다. 설사 찢어진다고 해도 대수롭지 않은 일이다.

"다음에는 나도 그렇게 해줘."

단소예는 얼굴 가장자리가 발갛게 부어오른 맨얼굴로 미소를 지으며 부탁했다.

"먹자."

서너 가지 요리가 푸짐하게 차려진 탁자에 마주 앉은 두 사람은 그때부터 아무 말 없이 먹기 시작했다.

두 사람은 이각여 만에 세 그릇의 요리를 깨끗이 비웠다.

배가 부르자 걷잡을 수 없는 졸음이 쏟아져 두 사람은 침상에 그대로 쓰러져서 잠이 들었다.

第五十二章
천주 현신

사실 설영은 잠이 완전히 들지 않은 가수면(假睡眠)에 빠진 상태였다.

그것 역시 살수 수업의 일환으로 터득한 것인데, 비록 육체는 잠들었지만 정신은 깨어 있는 상태에서 주위를 경계하는 방법이었다.

그렇지만 몸과 정신이 완전하게 깨어 있는 상태는 아니었으며, 그저 맨정신의 절반쯤에 해당하는 경계심을 발휘하는 정도에 그쳤다.

"……!"

한순간 설영은 눈을 번쩍 뜨고 재빨리 상체를 일으키며 방문 쪽을 쳐다보았다.

침상에 쳐진 얇은 휘장을 통해서 방문이 보였고, 방문 밖 복도를 걸어오는 두 명의 발자국 소리가 들렸다.

점소이나 평범한 사람의 발자국 소리가 아니었다. 규칙적이면서도 경쾌했고 몹시 가벼웠다.

그것은 오랜 세월 무공을 익힌 사람만이 낼 수 있는 발자국 소리였다.

설영은 복도를 걷고 있는 두 명이 낙양성 내의 객잔을 수색하는 중천사세나 그와 비슷한 방파의 무사일 것이라고 판단했다.

급히 단소예를 보자 그녀는 설영 쪽을 향해 옆으로 누운 자세로 아기처럼 새근새근 곤히 잠자고 있었다.

그때 방문 앞에서 발자국 소리가 뚝 멈추었다.

단소예를 깨워 창을 통해서 객방을 빠져나갈 여유도, 인피 면구를 쓸 여유도 없었다.

똑똑똑!

"잠시 실례하겠소!"

방문 밖에서 굵직한 남자의 목소리가 들려왔다.

그 소리에 단소예가 번쩍 눈을 뜨며 잠에서 깨어났다.

순간 설영의 입술이 그녀의 입술을 덮었다.

단소예의 두 눈이 화등잔처럼 휘둥그렇게 떠졌다.

설영은 자신의 상의를 순식간에 벗어 던지고 단소예의 상의도 거의 찢듯이 벗겨냈다.

단소예의 얼굴이 경악으로 물들었다. 그렇지만 설영이 입술로 자신의 입을 틀어막고 있기 때문에 아무 말도 하지 못했다.

척!

그때 방문이 벌컥 열렸다.

그 소리는 생생히 단소예의 귀에 전해졌다. 그녀는 그제야 설영의 의도를 알아차렸다.

실내로 들어선 사람은 설영의 짐작대로 건장한 체구의 두 명의 무사였다.

녹의 경장에 오른쪽 가슴에 '사해위진(四海威震)'이라는 세로의 네 글자가 수놓아진 것으로 미루어 중천사세 중 사해부의 무사가 분명했다.

두 명의 무사는 실내에 들어서자마자 동작을 뚝 멈추고 침상을 쳐다보며 적잖이 놀라는 표정을 지었다.

두 명의 무사와 침상 사이에는 휘장이 쳐져 있기는 했지만 워낙 얇아서 지금 침상에서 벌어지고 있는 광경이 똑똑히 보였다.

더구나 이들은 무공을 익힌 무사들이라서 가로막힌 휘장에 전혀 구애받지 않았다.

침상 위에서는 알몸의 남녀가 한 덩이로 뒤엉켜 있었다. 남자는 위에서 여자를 찍어 누른 채 입술과 목덜미를 애무했고, 여자는 희고 가는 두 팔로 사내의 등을 힘껏 끌어안은 자세였다.

물론 두 사람은 바지를 입은 상태지만 하체가 이불에 가려져 있어서 알몸인 것처럼 보였다.

사해부의 두 무사가 그 광경이 무엇이라는 것을 모를 리가 없었다.

그들은 일상적으로 객방들을 돌면서 검문을 하다가 뜻밖의 광경을 발견하고 적이 놀랐지만 곧 어떻게 된 영문인지 깨닫고 경계심이 느슨해졌다.

그들이 보기에는, 침상의 두 사람이 사랑을 나누는 일에 열중하여 누가 들어왔다는 사실도 모르는 것 같았다.

누구든지 이런 상황에 처하면 약간의 흥미를 갖게 되며, 또한 너그러워지기 마련이다.

"아아… 사랑해……."

남자 때문에 얼굴이 보이지 않는 여자가 남자의 등을 쓰다듬으면서 열띤 신음을 흘려냈다.

남자 역시 얼굴을 여자의 젖가슴에 파묻은 상태라서 용모가 보이지 않았다.

사해부의 두 무사는 서로의 얼굴을 쳐다보며 묘한 미소를 지어 보이더니 곧 방을 나가 문을 닫았다. 자기들 딴에는 자비심을 베푼답시고 검문에서 제외시켜 주는 것이었다. 이어서 발자국 소리가 점차 멀어져 갔다.

설영과 단소예는 멀어지는 발자국 소리를 들었다. 그러나 행동을 멈추지는 않았다. 위기에서 벗어나기 위해서 거짓으로 옷을 벗고 끌어안은 채 애무를 시작했으나, 지금은 거짓이 아니었다. 거짓이 진실을 낳은 것이다.

"아… 사랑해……."

단소예는 그 말밖에 모르는 사람처럼 다시 한 번 사랑한다고 중얼거리면서 설영의 몸을 끌어안았다.

도대체 우정이 어떻게 해서, 그리고 어느 순간부터 사랑으로 발전했는지 모른다.

아니, 어쩌면 어렸을 때부터 단소예는 설영을 사랑했었는지도 모르는 일이다.

설영과 단소예는 서로를 애타게 그리워했었다. 또한 서로에게 극도로 목말라 있었다.

두 사람은 바싹 마른 앙상한 겨울나무 같았다. 거기에 걷잡을 수 없는 불이 붙어버린 것이다.

지금은 아무것도 거칠 것이 없었다. 또한 아무도 그들의 사랑을 막거나 방해하지 않았다.

내일, 아니, 불과 한 시진 후에 무슨 일이 벌어질지 추호도 예측할 수 없는 각박한 상황하에서 두 사람의 사랑은 그만큼 더욱 절절했다.

"소예……."

"영아……."

두 사람은 거의 이성을 잃고 서로를 갈구하는 일에만 전력을 다했다.

"아앗!"

어느 순간, 단소예가 작고 날카로운 비명을 터뜨렸다.

설영의 사랑이 그녀의 소중한 곳을 뚫고 깊숙이 들어왔다.

짧은 아픔은 곧 더할 수 없는 환희와 행복으로 바뀌었다.

"아아… 사랑해……."

단소예는 죽어서 영혼이 돼서라도 놓치지 않겠다는 듯 두 팔로 설영의 허리를 힘껏 끌어안으며 중얼거렸다.

두 사람의 영혼은 오래 전부터 하나였지만, 두 사람의 몸은 지금 하나가 되었다.

*　　　*　　　*

"후우……."

흑룡보(黑龍堡)의 보주인 흑룡뇌신창(黑龍雷迅槍) 주영걸(周英傑)은 아까부터 긴 한숨만 푹푹 내쉬고 있는 중이었다.

그가 착잡한 심정에 빠진 것은 어제 총당주의 보고를 받고 나서부터였다.

중천무림의 천주가 사라진 후 지난 육 년 동안 사는 것이 사는 것 같지가 않을 정도로 심란했고 또 무기력한 세월이었는데, 어제의 보고는 그를 더욱 절망에 빠뜨렸다.

총당주의 보고인즉, 올해 중추절을 기해서 낙성검가의 가주 단해룡이 정식으로 중천무림의 중천절, 즉 천주의 위에 오른다는 것이다.

아울러 그날 자신과 낙성세가를 보필할 중천세가와 중천지파를 새로 선발하겠다고 했다.

주영걸은 중천무림의 새로운 진영이 대충 어떤 식으로 편성될 것인지 짐작하고 있었다.

우선 낙성검가가 절대세가로 등극할 것이며, 설란궁이 중천오세에서 탈락될 것이다.

설란궁은 지난 육 년 동안 거의 활동을 하지 않은 채 칩거하고 있는 중이다.

하지만 그것이 탈락 이유는 아니다.

중천무림에 적을 두고 있는 사람이라면 모두 알고 있는 사실이 있다.

설란궁은 지난 육 년이라는 긴 세월 동안 중천사세와는 조금도 접촉이 없었다.

또한 중천사세의 어떠한 협조 요청도 모조리 거절했으며, 낙성검가가 중천무림의 절대세가가 되는 것에 노골적으로 반대했다는 것이 바로 그것이다.

공백이 비게 되는 중천오세의 두 자리를 아마도 중천칠지파 중에 두 방, 문파를 뽑아 승격시킬 것이며, 반대 세력인 중천오충을 영구적으로 제명하는 것과 아울러 중천십이지파를 새롭게 구성할 것이다.

과거 중천군림성이 지배하던 시절의 흑룡보는 중천십이지파의 하나였다가 중천오충이 되었다.

그동안 중천사세와 중천칠지파가 갖은 방법으로 회유, 설득, 협박했었지만 중천오충은 끄떡도 하지 않았다.

중천오충은 낙성검가의 절대세가로의 등극을 무조건 반대하는 것이 아니었다.

그 이전에 전대 중천군림성이 멸문한 것과 중천절이 폐관 중에 주화입마로 사망한 것이 석연치 않기 때문에 그 사건을 재조사하여 백일하에 밝히는 것이 선행돼야 한다고 일관되게 주장해 왔었다.

그러나 낙성검가를 비롯한 중천사세는 전대 중천절이 폐관 중에 주화입마로 죽었으며, 중천군림성은 북천과 남천이 보낸 연합 세력에 의해서 멸문을 당했으니 하루빨리 중천무림이 전열을 가다듬어 그들에게 복수를 해야 한다는 종전의 주장만 앵무새처럼 되풀이할 뿐이었다.

그러더니 언제부터인가는 아예 중천오충을 더 이상 회유하려 들지 않았다. 오히려 매사에 따돌리는가 싶더니 근래에 들어서는 노골적으로 적대감을 드러내는 일이 허다한 실정이었다.

중추절은 이제 겨우 한 달 남짓 남았다. 그때가 되면 흑룡보를 비롯한 중천오충은 중천무림에서 누리고 있던 모든 권한과 영향력, 특권이 모조리 박탈당하고 말 것이다. 그것은 너무도 명약관화한 일이다.

여태까지는 그저 중천오충 다섯 방파가 물 위의 기름처럼 따로 노는 정도였지만, 이제는 그럴 수가 없게 됐다. 다섯 방, 문파의 생존이 걸린 문제가 됐다.

중천오충이 운영하는 무도관이나 표국, 전장(錢莊), 객잔, 주루, 임대업, 소작업 등의 운영권이 모조리 회수될 것이며, 더 심할 경우에는 중천오충이 중천무림에서 영구적으로 추방될 수도 있었다.

그것은 중천오충의 다섯 방, 문파의 전면적인 해체 혹은 봉문(封門)을 의미한다.

그 시한이 이제 한 달 앞으로 다가온 것이니, 흑룡보주 주영걸이 노심초사하는 것도 무리가 아니었다.

"영풍(英風)아."

주영걸은 한참 만에야 무겁게 입을 열었다.

"말씀하십시오, 형님."

주영풍은 흑룡보의 총당주직을 맡고 있는 주영걸의 하나뿐인 친동생이다.

그는 탁자 맞은편에 앉아서 주영걸과 똑같은 문제로 고심하다가 공손히 대답했다.

"설란후를 만나봐야겠다."

그것밖에는 방법이 없었다.

여태껏 금호방과 흑룡보가 중심이 되어 중천오충이 똘똘 뭉쳐서 전대 천주에 대한 마지막 충성심을 불태웠지만, 이제는 한계에 도달했다.

더구나 의형이자 든든한 동지였던 금호방주 형곤이 죽고 없는 지금 이 시점에서 주영걸은 더욱 극심한 절망감에 허덕이고 있었다.

"그러시겠습니까?"

지난 육 년 동안 중천오충은 설란후와 대화를 하려고 여러 방법으로 접근을 시도했었지만 모두 허사였다. 설란후가 만나기를 거절했기 때문이다.

하지만 한 달이 지나 중추절이 되면 설란궁은 중천오세에서 제명되는 것과 동시에 모든 권한을 박탈당한다. 중천오충과 다를 바 없는 신세가 되는 것이다.

주영걸은 이런 상황에서까지도 설란후가 대화를 거절할 것이라고는 생각하지 않았다.

다들, 중천오충뿐만 아니라 중천무림의 거의 모든 사람들은 설란후가 전대 천주의 죽음과 중천군림성의 멸망에 대해서 뭔가를 알고 있다고 생각했다.

지금으로서 유일한 방법은 그녀가 입을 열어 전모를 만천하에 밝혀서 단해룡의 천주 등극을 저지하는 것뿐이었다.

"설란후가 형님을 만나주겠습니까?"

주영풍은 형 주영걸을 따라 일어나면서 고개를 갸웃거리며 조심스럽게 물었다.

"설란궁이나 우리 중천오충이나 벼랑 끝에 서 있기는 마찬가지다. 나는 그녀가 그 사실을 좀 더 명확하게 인지하고 있기를 바란다."

"어떤 방법으로 설란궁에 가실 겁니까?"

"일단은 잠입하여 설란후의 거처까지 접근한 후에 정식으로 대화를 신청해야겠지."

"야행으로 준비하겠습니다."

주영풍이 빠른 걸음으로 주영걸을 앞질러 방문을 열었다.

바로 그때, 두 사람의 뒤쪽에서 조용하고 나직한 음성이 흘러나왔다.

"그녀를 만날 필요 없네."

주영걸 형제는 움찔 놀라서 재빨리 돌아서며 공력을 극한
으로 끌어올리는 것과 동시에 양 어깨에 메고 있는 쌍창을 잡
으면서 불의의 공격에 대비했다.

형제는 한쪽 벽의 서가를 등지고 나란히 서 있는 두 사람을
보며 표정이 돌처럼 굳어졌다.

낯선 자들이었다.

오른쪽에 우뚝 서 있는 한 명은 후리후리한 체구에 키가 매
우 컸으며, 한 자루 검을 멘 채 방립을 써서 얼굴을 알아볼 수
없었다.

그리고 그 옆의 또 한 명 역시 키가 크고 당당한 체구에 반
뼘가량의 검은 수염과 구레나룻을 기르고 어깨에는 검은색의
검을 메고 있었다.

주영걸과 주영풍은 낯선 두 사람을 보는 순간 엄청난 중압
감을 느꼈다.

특히 수염을 기른 중년인에게서는 패도적인 기도가 파도
처럼 뿜어지고 있었다. 그것은 흑룡보주인 주영걸을 압도하
고도 남음이 있었다.

방립인에게서는 아무런 기도도 뿜어지지 않았다. 그저 무
공을 배운 적이 없는 평범한 사람 같았다.

그러나 주영걸과 주영풍이 느끼는 중압감은 어이없게도
방립인 때문이었다.

얼굴도 보이지 않고, 기도도 뿜어내지 않는 그가 대체 무엇으로 자신들을 얼어붙게 만드는 것인지 그들은 추호도 알지 못했다.

"방금… 나더러 설란후를 만날 필요가 없다고 말한 것은 당신들이오?"

주영걸은 자신의 어깨 양쪽에 메고 있는 쌍창에서 손을 떼지 않은 채 두 사람을 쏘아보며 나직이 물었다.

방립인이 가볍게 고개를 끄덕였다.

"이유를 물어봐도 되겠소?"

주영걸이 입술을 거의 떼지 않으며 물었다.

"만날 필요가 없으니까."

방립인은 그렇게 말하면서 천천히 방립을 벗었다.

"……"

"……"

방립인의 얼굴이 드러나는 순간 주영걸과 주영풍은 두 눈을 찢어질 듯이 부릅떴고, 얼굴에는 마치 귀신을 본 듯한 표정이 가득 떠올랐다.

곧이어 두 사람은 시선을 방립인에게 못 박은 채 온몸을 부르르 격렬하게 떨었다.

방립인.

그는 다름 아닌 설무검이었다.

그는 담담한 표정으로 조용히 입을 열었다.

"잘 있었나? 흑룡."

"아……."

주영걸은 부들부들 온몸을 떨더니 두 다리에서 힘이 빠진 듯 비틀거렸다.

그는 자신과 똑같이 경악하고 있는 주영풍을 보면서 정신이 반쯤 나간 얼굴로 물었다.

"영풍아… 너도 지금 내가 보고 있는 그분을 보고 있느냐?"

"네… 형님."

설무검은 천천히 두 사람에게 걸어가 두어 걸음 앞에 멈춘 후 엷은 미소를 지었다.

"흑룡, 흑풍, 나를 벌써 잊었는가?"

짧고 검은 수염의 중년인 양궁표가 설무검의 두 걸음 뒤에서 바짝 따랐다.

주영걸의 별호는 흑룡뇌신창이고, 주영풍의 별호는 흑풍경혼창(黑風驚魂槍)인데, 오직 설무검만이 그들을 '흑룡', '흑풍'이라고 불렀다.

주영걸이 그 자리에 무너지듯이 무릎을 꿇었다.

"오오… 천주시여! 진정 천주가 틀림이 없군요!"

주영풍도 꺾어지듯이 무릎을 꿇고 형과 똑같이 설무검을

우러러보았다.

두 사람의 눈에서는 어느덧 장부의 굵은 눈물이 주체할 길 없이 흐르고 있었다.

"속하 흑룡과 흑풍이 천주를 뵈옵니다!"

주영걸과 주영풍은 실로 육 년 만에 설무검에게 큰절로 예를 갖추었다.

"일어나게."

설무검은 그저 나직이 중얼거렸을 뿐인데, 주영걸과 주영풍 형제의 부복했던 몸이 펴지면서 저절로 일으켜졌다.

두 사람은 크게 놀라면서 설무검을 쳐다봤지만, 그는 그저 느긋하게 뒷짐을 지고 있을 뿐이었다.

그러는 중에도 두 사람의 몸은 완전히 펴져서 설무검 앞에 우뚝 서게 됐다.

두 사람은 설무검이 과거에 비해서 더 고강해졌다는 사실을 깨달았다.

주영걸이 여전히 꿈을 꾸는 듯한 표정으로 설무검을 보며 황송한 표정으로 입을 열었다.

"돌아가신 줄 알았던 천주께서 속하의 누추한 방파에 임황(臨況)하시다니… 속하는 눈으로 직접 천주를 뵈면서도 이 사실이 믿어지지 않습니다!"

주영풍이 머리를 조아리며 주영걸의 말을 받았다.

"천주! 대체 어떻게 된 일입니까? 중천사세는 천주께서 폐관 중에 주화입마에 들어 돌아가셨다고 주장하던데……."

주영걸이 동생을 꾸짖었다.

"영풍아! 너는 천주께서 살아계신 것을 두 눈으로 똑똑히 보면서도 그런 헛소리를 하는 것이냐?"

그는 설무검에게 자신의 자리인 태사의를 가리키며 허리를 굽혔다.

"천주, 우선 앉으시지요."

설무검이 태사의에 앉고, 그 오른쪽에 양궁표가 팔짱을 낀 채 철탑처럼 우뚝 섰다. 그리고 설무검의 앞쪽에 주영걸과 주영풍 형제가 나란히 시립하듯이 섰다.

예전의 설무검에겐 범접하기 어려운 위엄이 있어서 주영걸을 포함한 모든 수하들은 그 앞에서 감히 고개를 들지도, 눈조차 마주치지 못했었다. 또한 설무검 자신도 그런 것을 원했었다.

중천오세의 지존들도 설무검 앞에서는 전전긍긍했었거늘, 하물며 중천십이지파의 수좌들이야 오죽했었겠는가.

그런데 지금 주영걸은 설무검의 반 장 앞에 서 있는 데도 오금이 저리기는커녕 마치 오랜 벗을 만난 것처럼 편안한 마음을 금할 길이 없었다.

주영걸은 조심스럽게 설무검을 살펴보았다.

틀림없는 중천무림의 절대자 천주였다.

달라진 점이 있다면, 육 년 전에는 사해를 덮을 듯한 극강한 패도적 기도가 넘쳤었는데, 지금은 눈을 씻고 찾아봐도 그런 것은 없었다.

그 대신 유연함과 잔잔함, 그리고 뭐라고 설명하기 어려운 그 무엇이 있었다.

'초탈(超脫)이다!'

결국 주영걸은 육 년 만에 다시 나타난 설무검에게서 느껴지는 것이 '초탈'이라고 단정했다.

그에게서는 인간이 기본적으로 지니고 있는 세속적인 감정들, 즉 오욕칠정이 느껴지지 않았다. 대신 속세를 초월한 능운지지(凌雲之志)만이 아련하게 느껴졌다.

"흑룡, 흑풍."

문득 설무검이 조용히 입을 열었다.

"말씀하십시오."

설무검을 보고 있던 주영걸은 황급히 시선을 거두며 허리를 굽혔다.

"고맙다."

주영걸이 깜짝 놀라서 고개를 들자 설무검이 잔잔하게 미소를 지으며 바라보고 있었다.

"모두들 나를 배신했는데 자네를 비롯한 몇 명만이 아직도 충절을 꺾지 않았구나.”

“천주……”

주영걸과 주영풍은 후드득 온몸을 떨었다.

그러더니 두 눈에서 주체할 수 없는 굵은 눈물이 소나기처럼 쏟아져 내렸다.

『독보군림』 6권에 계속…

저작권 보호!!
장르문학의 성장에 힘이 되어주십시오

**저작물의 무단 전재와 복제, 불법 다운로드!
이것은 관심이 아니라 무관심입니다!**

작가님들은 창의적 열정과 시간을 투자해 자신의 꿈과 생계를 유지합니다.
한 권의 책을 만들어 많은 사람들은 자신의 인생과 미래를 설계합니다.

저작물 속에는 여러 사람의 노력과 희망이 담겨 있습니다!

저작물의 무단 전재와 복제, 불법 다운로드는 여러 사람들의 꿈과 생계를
위협함으로써 장르문학을 심각한 상황에 빠뜨리고 있습니다.

**이제는 무관심이 아니라 관심으로 장르문학의
성장에 힘이 되어주세요.**

[도서출판 청어람-블루부크는 항시적인 저작권 보호를 통해 장르
문학과 여러분의 희망을 지키겠습니다.]